碧野 圭

スケートボーイズ

実業之日本社

実業之日本社文庫

目次

1

壁から手を離し、氷の上に一歩踏み出す。足の裏のかかとに近いあたりに力を加えると、さあっと身体《からだ》が滑らかに前へと進んだ。そのまま足を右へ左へ交互に後ろに流す。一歩、二歩と進むうちに、あっという間にスピードが出る。

そうそう、この感触。

土の上では味わえないこの滑らかさ。それに、スピード。

いくらリンクを離れていても、この感覚は忘れるもんじゃない。自転車に乗れるようになった者が、乗れなかった頃のことを思い出せないのと同じだ。

風が顔に当たる。リンクの上は無風だというけど、滑っている時は風を感じる。いや、自分が風を起こしているのだろうか。

二周、三周していると、リンクの外から「和馬《かずま》」と声が掛かった。柏木豊《かしわぎゆたか》コーチだ。和馬はそちらにさあっと近寄って行く。

久しぶりに会うコーチだったが、いつもと変わらない。四十を過ぎたばかりなのに若白髪の目立つ頭、いつもの黒いジャンパーに黒いパンツ、銀縁の眼鏡。何があっても冷静さを失わないのがコーチのよいところだ、と和馬は思っていたが、今日も驚いた顔はしていない。

「ほんとに戻る気か」

「はい。今日からまたお世話になります」

「大丈夫か？　就活もあるんだろ？」

伏見《ふしみ》和馬は次の四月から大学四年になる。ここ一年ほど和馬は怪我《けが》で氷から離れていた。怪我が完治してもなかなか復帰しない和馬のことを、周囲はこのまま引退するのだろう、と見ていたのである。

「ええ、まあ。でも、スケートできるのも学生のうちなんで、やれるだけやって区切りをつけたいんです」

柏木コーチは疑わしそうな顔をしている。だが、小学四年の頃からのつきあいの柏木コーチは、和馬がこうと決めたら頑固で、指図されるのが嫌いな性格であることはよく知っていた。

「わかった。でも、最初は無理をするな。しばらく離れていたから筋力が落ちている。以前のようなつもりで動くと、また怪我をするぞ」

「はい」

「まずは基本からだ。ジャンプの練習は、俺がいいと言うまでは禁止だ」

「でも……」

「前もそれで失敗したんだ。もし守れないなら、俺はコーチを断る」

きっぱりした言い方だ。日頃は穏やかな柏木コーチがこういう言い方をする時は、決して譲らないことを和馬も知っている。

「わかりました。でも、俺、秋までに四回転を跳べるようになりたいんです」

四回転と聞いて、柏木コーチの眉がぴくっと動いた。

「それはいいが、まずは身体を元に戻すことだ。どれだけリンクから離れていた？」

「えっと、……一年です」

怪我をしたのは、大学二年の十二月の初め。いまは三年の十二月の終わり。一年と三週間というところだ。

「そこまで離れていると、前の状態に戻すだけでも時間が掛かるぞ」

「わかっています」

柏木コーチは和馬の下半身をじっと見た。

「体重も増えたんじゃないか？　五キロはオーバーしているだろ」

さすがにそれはごまかせない。

「はい、六キロ増えています」

でも、増えたのは贅肉《ぜいにく》だけじゃない。リハビリで始めた筋トレがおもしろくなって、なんとなく続けていたから、上半身の筋肉量は増えたはずだと思う。

「まずはそれを落とすところからだな。そのままじゃ、四回転以前に、三回転も跳べないぞ」

「はい」

「ともかく基礎からやり直しだ。間に合うかどうかは、おまえ次第だからな」

そう言うと、コーチはリンクの中に目をやり、てんでばらばらに滑ったり、遊んだりしている子どもたちに声を掛けた。

「全員集合！」

二十人以上の生徒たちが集まって来た。朝六時から一時間、柏木コーチの生徒の貸切だ。その多くは小学生、中学生だ。高校生以上は数人しかおらず、大学生に至っては和馬ひとりである。

「和馬先輩、復帰ですか？」

「もう怪我はいいんですか？」

後輩の女子五、六人に取り囲まれた。スケートを中断する前の和馬は、柏木コーチの門下生でもトップ、連盟の強化選手にもなっていたから、後輩たちから見るとあこがれの存在だったのだ。

「ああ、また一からやり直しだ」

「よかった、私、いまダブルアクセル練習してるの。今度コツを教えてね」

中学生の由香利《ゆかり》が言う。彼女のことは、五歳でスケートを始めた頃から知っている。

「ああ、いいよ。俺もしばらく跳べないかもしれないから、いっしょに練習しよう」

「やった！」

無邪気に由香利が笑う。

「あー、ずるい、香奈《かな》にも教えて」

「芳枝《よしえ》にも」

ほかの女の子たちも口々に騒ぎ立てる。

「そこ、静かに。練習始めるぞ」

コーチににらまれて、女の子たちはようやく静かになった。和馬は生徒たちを見回す。

休んでいる間に、男子が増えたな。

小学生にふたり、中学生にひとり知らない男の子がいる。フィギュアブームと言われるようになって十年以上。最初は女子人気が先行していたが、男子も五輪でメダルを獲《と》るような実力、人気を兼ね備えた選手が登場するようになり、注目を集めるようになった。それに伴い、人気選手にあこがれてスケートを始める男の子も増えた。以前はクラブにひとりいるかいないか、という割合だったのだが。

「みんなウォームアップは済んでいるな。じゃあ、いつものように、フォアでまわって」

コーチの言葉に、ばらばらだった生徒たちがひとつの方向に動き出し、徐々に列を作ってリンクを時計回りと反対に周回し始める。いままでは和馬が先頭切って滑っていたが、今日は久しぶりなので、後ろの方に紛れてみんなに付いて行く。

「フリーレッグを意識して……小田《おだ》、背中が丸まっている。背筋ちゃんと伸ばして。……はい、次はバックで」

生徒たちはコーチの指示にしたがって、一斉に向きを変えた。

「みんなもっと腰を落として……そう」

列の先頭には中学生の男の子が来ている。なかなかきれいなフォームだ。たぶん、別のコーチに師事していて、最近こちらに移って来たのだろう。

光流《ひかる》のおかげで、柏木コーチも有名になったからな。

川瀬《かわせ》光流は柏木コーチが教えた中でも、最も成功した生徒だ。つい先日行われた全日本フィギュアスケート選手権で、それまで絶対王者とされていた神代琢也《かみしろたくや》を破って優勝したばかりだ。しかも来季が五輪シーズンとあって、ファンやマスコミは興奮状態だ。メダルを獲るのは絶対王者神代か、光流がその上を行くか。光流は期待半分、嫉妬半分の目を向けられている。現在の光流はアメリカの有名なコーチについているが、世界ジュニアで優勝するまで育てたとして、柏木コーチも注目されることとなった。柏木コーチはそれを嫌い、マスコミの取材には一切応じてなかったが。

「マスコミの取材は、一社受けると、ほかを受けないわけにはいかない。全部に対応する時間は自分にはない。それに、光流の現在のコーチは自分じゃない。俺が注目されるのは筋違いだ」

柏木コーチの弁は半分本気で、半分は嘘《うそ》だ。

コーチはまだ光流のことを許していないのだ、と和馬は思う。光流には期待していただけに、失望も大きかったのだ。それが故に、光流のことをまだ客観的に語ることができないのだろう。

「次はひょうたん」

これも柏木コーチのウォーミングアップでは定番だ。ひょうたんというと両足の間隔を縮めたり広げたりしながら進むやり方を指すのが一般的だが、柏木コーチの言うのは、リンクの全面をひょうたん形に滑ることだ。一周する間にフォア滑走とバック滑走を交互に行うが、その間にカウンターやブラケット、チョクトーといったターンやステップが入ってくるのだ。さすがに小さい子どもたちはすべてこなすのは難しく、ターンのところで止まったり、転んだりしている。

「はい、できない人はそれを後で練習しよう。最初は速くなくてもいいから、正確にね」

和馬は転びこそしなかったが、衰えをはっきり感じた。以前はスピードを殺すことなく正確にターンの形を描けていたのに、今日はぎくしゃくとしてスピードが落ちる。以前はほとんど意識しなくても、体重が自然と正しい位置に乗っていたのだが、その感覚を忘れている。

こんなことまでヘタになっているのか。

もたつく和馬の横を、中学生が涼しい顔で追い抜いていく。

あんな中坊に負けるなんて情けねえ。

リハビリではスポーツクラブに通って鍛えていたつもりだが、クラブのマシンでは鍛えられない筋肉がスケートにはある。そこが衰えてしまっているのだろう。

リンクを離れていたのはほぼ一年。それがこの結果か。

最初に怪我をしたのは、大学二年の十二月。それまではジュニアの推薦枠で出場していた全日本選手権に、初めてシニアの選手として挑むはずだった。二年早くシニアに上がった光流が、国際大会で結果を出し始めていた頃でもあった。全日本選手権の予選となる東京大会や東日本選手権は、海外での試合と日程的に近いということで、光流は出場しない。トップ選手の仲間入りしている光流はインカレや国体など国内の試合にも出ないから、同じ大会で戦えるのは、唯一この全日本選手権だけだった。

早く追いつきたい。

そういう思いが焦りを生んだのだ。

全日本選手権の二週間前、追い込んで疲れた状態で、やけくそのように三回転トウループを跳ぼうとしてトウ＝爪先を強く氷に叩《たた》きつけたところ、氷に深く突き刺さって一瞬抜けなくなった。ジャンプを跳ぼうとして不安定な体勢だったから、そのまま倒れて変な具合に左足を捻《ひね》った。

捻挫《ねんざ》で全治三週間という診断だった。捻挫といっても二度の症状で、部分的に靱帯《じんたい》が断裂している状態である。痛みはあるが、無理すれば動かせないことはない。それで全日本に出場したいと言ったのだが、ドクターストップが掛かって、かなわなかった。リンクの近くにある整形外科の医者は、和馬の小さい頃からの掛かりつけだったが、

「いま無理をすると悪化して、歩けなくなるぞ」

と、脅した。現役時代、怪我で苦しんだという柏木コーチは、

「捻挫だと甘く見るな。まだ若いんだし、全日本だけが試合じゃない」

と、なだめた。しかし、今回ばかりは和馬は全日本に出たかった。今シーズンやっと勝ち得たスケート連盟の強化選手という待遇を維持できるかどうかは、全日本の結果次第で決まるからだ。全日本に出ないということは、強化選手の地位から外れることを意味していた。

焦るな、とコーチにも医者にも言われた。だが、焦らずにはいられなかった。やることのない日々は、ただイライラと過ぎて行く。

全日本選手権の男子フリーの日はクリスマスだった。和馬はテーピングをした足を畳の上に放り出して、自宅でテレビ観戦していた。ここ数年、フィギュア中心の生活だったから、クリスマスをいっしょに過ごすような友人はいなかった。正確には、友人がいないわけではないのだが、例年この時期の和馬は多忙であることをみんなは知っていたから、遠慮して誘うことはしなかったのだ。

その年光流は初めて全日本の表彰台に乗っていた。絶対王者・神代琢也に続いて二位だった。三位以下を大きく引き離してのメダルだ。二強時代の開幕を誰もが予想した。

なのに、自分は怪我で同じ舞台に立つことすら許されない。

テレビでは、表彰台に上った選手たちの晴れがましい笑顔が大映しになっている。光流はアイドルのような美少年だったから、女性ファンの黄色い歓声もひときわ大きい。それを自分はただ観ているだけ。

何もやることがない、最悪のクリスマスだった。

全日本選手権が終わり、年末押し迫ったあたりでようやくリハビリを始めることが許された。

「少しずつ戻すんだよ。氷に乗ってもいいが、焦るんじゃない。ちゃんと治さないと、捻挫は癖になるからね」

医者の忠告を、和馬は上の空で聞いていた。年が明けると、次はインカレである。インカレすなわち日本学生氷上競技選手権大会。この大会で活躍することは、大学の体育会の一員としては大きな意味がある。スピードスケート、アイスホッケーそれにフィギュアスケートの三部門で開催されるこの大会で、和馬の大学は総合優勝の常連校である。和馬がこの大学へ進学を決めたのも、それがひとつの要因だった。個人競技のフィギュアスケートでは珍しい、チームとして戦える試合だ。全日本に出られないとしても、学生スケーターとしての本分を尽くしたい。一年の時は先輩たちの応援をするばかりだったが、今年は主力選手として活躍を期待されていた。

インカレは一月十一日からだ。それまでに、戻せるだろうか。いや、戻してみせる。そんな気負いが、次の怪我を生んだ。わずか三週間動かさなかった筋肉は、思った以上に衰えていたのだが、それでも無理して三回転トウループを跳ぼうとして、転倒した。その瞬間、なんとも嫌な感触が足に走った。何かが切れたような感覚。そして湧き上がる猛烈な痛み。

やっちまった。

前距腓靱帯《ぜんきょひ》断裂。

要は、最初に痛めた左足の靱帯を、本格的に断裂させてしまったのだ。症状は重く、手術をして、それからリハビリをして、競技に復帰するのに一年は掛かると医者に言われた。

それで、心が折れた。

一年競技から離れたら、もうトップ選手になれる見込みはないだろう。

海外に派遣されたり、グランプリシリーズで活躍できるような。

そう、光流に追いつくことはもう不可能だ。

十六、七歳でピークを迎えることが多い女子と違って、男子の場合は大学に入ってからも後伸びする。自分は遅く始めたから、まだ伸び代はあるはずだ。そう信じて頑張ってきたのだが、その芽は潰《つい》えた、と思った。一年休んだら、せっかく選ばれた日本スケート連盟の強化選手の資格もなくなるし、そうなるとナショナルトレーニングセンターで練習することもできなくなる。その環境があるとないとでは大違いだ。

何より一年のブランクは大きい。その間にライバルたちはどんどん先に行ってしまう。復帰したとしても、大学卒業＝引退までの時間は短い。自分は並のスケーターとして終わるのだろう。

それが自分の目指していたものなのだろうか。

和馬にはわからなくなっていた。

「はい、次は先生のやるのを見て真似《まね》をして」

　コーチがみんなの前に立って、滑りながらいろんなポーズをする。右膝と左膝、交互に深く曲げながら滑ったり、右足だけで長く長く滑ったり。四十過ぎても、スケーティングの滑らかさはさすがだ。全日本選手権でかつて表彰台にも乗ったことのある柏木コーチは、現役時代はジャンプよりもコンパルソリーが得意だったそうで、基礎練習に時間を掛ける。だから、柏木コーチの門下生は滑りがきれいだ、と定評がある。スケーティングが上手になりたいから、と柏木コーチに師事する生徒もいるくらいだ。

　いつもなら簡単にできることが、今日は難しい。右足に重心を掛けてまっすぐ滑るつもりが、左へとずれて行く。

　何やってるの、この人。

　こちらを横目で見ながら、中学生男子が涼しい顔でまっすぐ滑って行く。スピードが落ちて、リンクの半分くらいのところで左足を着いた。そんなところで中断するのは、始めて間もない子どもたちくらいだ。

　先輩、どうしたの？

　過去の和馬の実績を知っている後輩たちが、心配そうにこちらを見ている。こそこそ何か話している子たちもいる。

ここまで衰えているとは思わなかった。

どうせ復帰するなら、医者からOKが出たらすぐに戻ればよかった。

この二ヶ月、俺は何をしていたんだろう。

「はい、じゃあ、次はみんなジャンプの練習をして」

コーチの言葉に、みんな嬉《うれ》しそうに、リンクの中に散り散りに広がって行く。地味なスケーティングの練習より、ジャンプの方が好きな子どもが多いのだ。

「和馬は、まずはコンパルをやれ」

「えっ、そこからですか?」

コンパルすなわちコンパルソリーは、氷の上に決まった形の図形を正確に描くことで、フィギュアスケートの基礎練習ともいうべきものである。かつては男女シングルの競技の中にも取り入れられていた。いまでもスケーターの技術レベルを評価するバッジテストでは、コンパルソリーの要素を取り入れている。

「一年以上も氷から離れていたんだ。そこからやり直すのが当然だろう」

嫌なら、リンクから出て行け。

そう言わんばかりのコーチの顔を見て、和馬は仕方なくリンクの隅に行く。ふうと肩で息をすると、片足で大きな円を描き始めた。

「和馬先輩、アクセルやらないの?」

中学生の由香利が誘いに来た。

「ごめん、今日はずっとコンパルやんなきゃいけないみたい」

「まだ怪我が治ってないの？」

「怪我は完治したけど、しばらく滑ってなかったから、いろいろとなまっているみたいなんだよ」

「そうなんだ」

「もうちょっとして、ジャンプが跳べるようになったら、いっしょに練習しよう」

「うん、わかった」

由香利は素直にうなずいて、リンクの中央まで戻って行った。

コンパルの練習は地味だ。氷の上に大きな円をふたつ描く。つまるところそれだけだ。右足で描くか左で描くか、足の入れ替えはどうするか。どういうターンで方向を変えるか。そうした細かい部分でさまざまなバリエーションがあり、エッジすなわちスケート靴の刃の先の使い方を正確にコントロールできないと、正しい円は描けない。その微妙なエッジ使いを学ぶために、ひたすら円を描き続ける。ジャンプやスピンよりもずっと小さな動作で、根気強さが求められる。

足はもう治っているんだけどな。

和馬は溜息《ためいき》を吐《つ》く。

「どうした、もう終わりか？」

和馬の足が止まっているのを見て、コーチが声を掛けてきた。

ついさっきまで、リンクの反対側で幼い子たちの指導をしていると思ったのに、いつの間にか和馬の後ろに立っている。柏木コーチのスケートはしなやかで、無駄な音を立てないのだ。

「いえ、ちょっと息を整えていただけです」

和馬はそう言うと、コンパルの動作に戻る。コーチの視線を感じて、いいところを見せたいと思うが、なかなかうまくいかない。

コンパルの地道な練習は、和馬は好きではなかった。ジャンプの爽快さに比べると、発散のしどころがない。

「ほら、ちょっとアウトに寄ってるぞ」

コーチからダメ出しが入る。

氷の上に描かれたトレースが、いびつな曲線になっている。まるでいまの和馬の心持のように。

怪我をして、それまで大事だと信じていたことが、急に意味を失った。

いままでやってきたことは、なんだったのだろう。

そして、いままでできなかったことをするために、大学生活を一からやり直した。合コンやゲーセンに行ったり、仲間と旅行したり。レポートや試験を真面目に受けてもみたし、バイトをしたり、女の子とも遊んだ。それまでも、スケーター仲間やファンの子とつきあったりしたけど、スケートとは関係ない女の子とつきあうのは新鮮だった。

そんなことをしていると、一年なんてあっという間だった。後々怪我の後遺症が残るのが嫌で、リハビリだけはちゃんとやっていたが、リンクの方には近づかなかった。かつてのスケート仲間たちが、確実に進歩しているのを見るのが嫌だった。自分がもしかしたら辿《たど》りつけた場所に、確実に歩を進めている彼らを見るのが辛《つら》かったのだ。

医者から競技に戻ってもいいと言われたのは、十月の末。しかし、その時点で大学生活は残り一年半。そろそろ就活に本腰を入れる時期だ。それが恰好《かっこう》の言い訳になった。

そんな和馬に、親は何も言わなかった。もともと自宅で大きな美容院を経営していたから、そちらの方が忙しく、子どもたちが何をやるかにはあまり興味を持たなかったのだ。和馬がジュニアの大会で好成績を収めて連盟の強化選手に選ばれた一時期を除いては、試合を観に来ることもろくになかったくらいだ。

それで就活に身を入れたかというと、なかなかうまくいかない。人並みに会社訪問をしたり、いろいろ情報を集めたりしていたが、なんとなく気持ちがしっくりこなかった。

「御社の経営方針に感銘をうけ、ぜひ自分もここで力を試してみたいと思い……」

面接の練習で歯の浮くようなことをしゃべっていると、和馬は自分らしさが削られていくような気がした。

ほんとに、このまま就職してしまってもいいのだろうか。

俺はちゃんと大学生活にピリオドを打つことができるんだろうか。

こころは定まらなかったが、それが自分の人生なのだろう、と和馬はどこかであきらめていた。

どちらにしろ、スケートは大学を終えたら卒業するものだ。俺の場合、それがちょっと早くきただけだ……。

「全員集合」

柏木コーチの声がした。リンクに散らばっていた生徒たちが一斉に集まって行く。

「じゃあ、それぞれ今日練習したことを忘れないように。では、解散」

結局、今日はコンパルだけで終わった。ほかの生徒たちはジャンプを見てもらったり、曲掛け練習をしたりしていたが、和馬だけは許されなかった。

せめてステップかスピンの練習くらいさせてくれればいいのに。

コーチは自分の足を心配しているのだろうか。それとも、俺の本気を試しているんだろうか。

まあ、その両方だろうな。

「和馬」

氷から上がろうとする和馬の背中に、柏木コーチの声がする。

「はい？」

「この後、午後も来るのか？」

午後は一般滑走の時間だ。一般の客が滑るのに交じって、練習をすることができる。その時間帯でも柏木コーチに頼めば指導を受けられるが、それにはお金が掛かるので、試合前以外は和馬はなるべくひとりで練習するようにしている。

「ええ、もちろん」

また選手として戻るのであれば、午後も練習するのは必然だ。

「まだジャンプは禁止だ。今日はコンパルだけやるんだぞ」

コーチは一般滑走の間もずっとリンクに立っている。指導はされなくても、やることはずっと見られている。

「わかりました」

和馬は再び溜息を吐きながら、出入口の方に向かおうとすると、

「和馬」

と、またコーチの声がした。振り向いた和馬をコーチはじっと見つめた。

「よく戻ってきたな」

振り絞るような声だった。その表情にはそれまで見たことがないような何か、優しさとか愛《いと》おしさのようなものを湛《たた》えている。

それを見て、胸を衝《つ》かれた。

コーチはずっと俺を待っててくれたんだ。

「ご心配掛けて、すみませんでした」

思わず頭を下げた。コーチは何も言わず、和馬の肩をぽんぽん、と叩いた。

2

更衣室で着替えると、荷物をキャリーバッグに入れて、ごろごろ引きながら家に戻る。

和馬の家はリンクから歩いて十分弱。駅の反対側にある商店街のはずれの、大きな美容院だ。裏手にある自宅玄関を入る。荷物を玄関に置きっ放しにして、二階のリビ

ングに上がると母がいた。母は五十歳という年齢のわりには若々しく、黒髪に一筋紫色を入れている。商売柄いつも髪にはこだわっていた。

「朝からどこに行ってたの？」

「だから、今日からスケートに戻るって言ったじゃないか」

「あら、本気だったのね」

母の言葉にむっときたが、何も言わなかった。スケートを再開すると、またお金が掛かる。親に負担を掛けるのだから、母の機嫌を損ねるようなことは言わない方がいい。

「それはいいけど、あなた、就活もちゃんとしてよ。再来年はもう卒業なんだから」

「わかってるよ」

「それにしても、どういう風の吹き回しかねえ。スケートに戻るなら、もっと早く戻ればよかったのに」

何回目かわからない母の愚痴をこれ以上聞かないために、和馬はリビングを出て三階の自分の部屋へと向かった。部屋に入ると荷物を放り出し、ベッドの上に横になる。天井を見上げると、かつての和馬のヒーロー、ロシアの有名選手のポスターが貼ってあった。アメリカで開催されたオリンピックで金メダルを獲った選手だ。その試合自体の記憶は和馬にはない。知ったのは、ネットで映像を観たからだった。剝がすのが面倒で、中学生の頃からずっと貼ってあるものだ。

俺だって、戻るつもりはなかった。だけど、約束したんだから、仕方ない。

先週、友だち数人とスポーツバーに入った。企業説明会か何かの帰りで、緊張した心と身体を、酒でほぐそうという目的だった。スポーツバーにしたのには、特に意味はない。高田馬場という土地勘のない場所で、たまたま目についた店だったからだ。

中は思いのほか広く、学生や若いサラリーマンで混んでいた。その一画に空いた席を見つけて座ると、あちこちにスクリーンがあるのに気がついた。

「俺ら、なんか取って来るわ。とりあえず、ビール、ピッチャーでいい？」

カウンターに近いふたりが立ち上がった。キャッシュオンデリバリーの店なので、自分たちで飲み食いするものを取りに行く方式になっていた。

「おう、それからフィッシュ&チップスも」

「野菜スティックもね」

仲間たちはあれこれ会話しているが、和馬はスクリーンに目が釘《くぎ》づけになって、何も耳に入ってこなかった。札幌で開催中のフィギュアスケートの全日本選手権の様子を上映していたからだ。

「ああ、いまやってるのね。これ、リアルタイムだよね」

隣に座っていた文学部の葛城麻耶《かつらぎまや》がふいに話し掛けてくる。

「うん、生中継みたいだよ」

「よかったー。これ、観たかったんだよね」

しまった、麻耶はスケートファンだったのか。いまはファン層が広がっているから不思議ではないが、できれば身近にはいてほしくない、と和馬は思う。

しかも、それが麻耶なんてね。

和馬は麻耶の横顔をこっそり眺める。眼鏡美人、と誰かが言っていたが、肩までのストレートヘアに黒縁の眼鏡が知的な雰囲気を演出する。それまで和馬のまわりにはいなかったタイプの女子だった。

「一応、録画はしているけど、ツイッターとかで先に結果がわかっちゃったらつまらないもの。最近では、テレビで放映する前に、試合の結果を流す人がいるから」

録画までするのか。結構、ガチなファンじゃないか。

和馬は軽く失望のような気持ちを抱く。

いま映っているのは、最終グループの六分間練習の光景だ。スケートは六人一グループで滑るが、各グループの試合の前に、六分ほど練習の時間が入る。数年前までは、テレビ放映では六分間練習の間は過去の振り返り映像や出場選手の紹介を映す時間になっていたが、最近は六分間練習もそのまま中継を流している。六分間練習中のお気に入りの選手を観たい、というマニアックなファンが増えたのだろう。

だが、やはり多く映るのは絶対王者神代、そして、それに対抗する存在としての光流。

ふたりとも、アップに堪える顔だからな。ジャニーズのアイドルを観るようなつもりで観客席にいる人も多いんだろう。キラキラな衣装で踊るイケメンってことでは両方共通してるし。

「いま映ってる子、川瀬光流。絶対王者・神代を脅かす若きプリンス、ってワイドショーで紹介していたよ。あの子、きれいだね」

「ん？　ああ」

男の友人をきれいだと言われても、返事のしようがない。そういえば、昔から姉や母が「光流くんはイケメンだね。名前もかっこいいし、スケートをやるために生まれてきたみたいな子だ」と、よく褒めていた。スケートにはたいして興味ないくせに、そんなところには目が行くのか、とあきれていたものだ。

カメラが光流の顔を大映しにする。色白でやさしげなまなざし、かたちのいい鼻、ふっくらした唇。子どもの頃と面差しはかわっていないが、昔に比べて垢抜《あかぬ》けて見える。みんなに注目される者だけが身にまとうスター性、華やかなオーラのようなものがいまの光流にはある。

「あ、いまの何回転？　四回転まわった？」

映像は流れているが、音声は絞ってる。店内は混雑してざわざわしているので、解説は聞き取れない。

「四回転サルコウだよ」

仕方なく和馬は答えた。麻耶は和馬がスケートをやっていることを知っている。

「ふうん。……あ、また跳んだ！　いまのは？」

「四回転トウループと三回転トウループのコンビネーション」

着氷もきれいに決まって、のびやかな姿勢で光流は次の動作に移っている。まだ練習なのに、大喜びする観客も背後に見えている。

「何それ、そんなのメニューにあった？」

何皿かのつまみを持って戻ってきた友人の曽根《そね》が、頓珍漢なことを言う。こいつはフィギュアにはまったく興味がないのだ、と和馬は安堵《あんど》する。

「フィギュアの技の名前だよ。ほら、いま全日本映ってるから」

「全日本？」

「世界選手権の出場者を決める大会だよ」

麻耶が何で知ったのか、そんな説明をする。

確かに、この大会の上位入賞者が世界選手権など大きな海外試合の派遣選手を決めることになる。だが、それは大会の一面でしかない。世界選手権へのステップなんてことは、出場選手のせいぜい上位五、六人くらいの問題だ。海外に派遣されることのないほとんどの選手にとっては、これがスケート人生で一番大きな大会。年末のこの大会に出ることを目標に、みんな日々の練習を頑張るのだ。

「和馬も全日本に出たことあるの？」

池端《いけはた》が無邪気に尋ねる。池端は最近仲良くなった友人で、和馬がスケートをやっていたことは知っている。

「うん、高三と大学一年の時。まだジュニアだったけど、成績よかったんで、推薦で出場した」

例年全日本ジュニアの上位選手五～六名は、連盟の推薦でシニアの全日本選手権に出場する。有望な若手選手になるべく早く大きな大会を経験させたいという、スケート連盟の新人育成の一環である。

「すごい！　ジュニアで全日本に出るなんて、本格的にやってたんだ。じゃあ、もしかして光流くんとも知り合いだったりして」

麻耶は「光流くん」呼ばわりだ。知り合いでもないのに。

「まあ、同世代の選手とは、いろんな試合でいっしょになったりするし」

光流とは幼馴染《おさなな じ》みで、光流がきっかけで自分もスケートを始めた……なんて話は、光流がお茶の間のアイドルになったいまでは、恥ずかしくてとても口に出せない。

「へー、どんな子？　彼女いるの？」

「どんな子って……。真面目ないいやつだよ。彼女がいるかどうかまでは知らない」

実は知らないわけじゃない。スケート仲間とはいまでもＬＩＮＥで連絡を取り合っているし、誰が誰とつきあっているなんて噂《うわさ》も流れてくる。しかし、選手同士の結束は強く、外部の人間に情報を漏らすことはない。

「だけど、光流くん、おかあさんがすごく厳しいのよね。おかあさんがダメって言うから、携帯も持たせてもらえないんだって」

得々として麻耶が語ることに、和馬は苛立《いらだ》った。また、どこでそんな噂を。

光流がトップ選手になったことで、母親のこともあれこれ噂されている。子どもの才能に懸けた、熱心な教育ママという人物像をみんな描きたがる。光流の母はどこにでもいる、ちょっと心配症で、気の優しいひとだったのだが。

それで、つい言ってしまった。

「あいつ、スマートフォン持ってるぜ。それを言うと、いろんな人にアドレス聞かれて面倒だから、『持ってない』って言ってるかもしれないけど」

「えっ、そうなの？」

「ああ。俺、光流とＬＩＮＥで繋《つな》がってるし」

光流が最初にスマートフォンを持ったのは、まだ和馬たちと同じリンクで練習している頃。コーチから、いろんな伝達事項を伝えるのに便利だから、と持つように勧められたのだ。

「えっ、ほんとに？　すごいじゃない。あんな有名人と繋がっているなんて」

有名人と言われても困る。あの頃の光流はふつうの子どもだったのだ。これが地方なら騒がれたかもしれないが、東京には有望なスポーツ選手は山ほどいる。ジュニアよりさらに下の年齢のカテゴリーであるノービスの全国大会で優勝したところで、テレビで大きく扱われるようなことはなかった。

「いまでも連絡取ったりする？」

「たまにな」

これは嘘だった。光流がアメリカにスケート留学してから、直接連絡を取ったことはない。いまや有名人になってしまった光流には、自分など昔の知り合いという以上の価値はないだろう。用もないのに友人面して連絡するような図々しさは、自分にはない。

「じゃあ、今回優勝したら、お祝いのメールしたりするの？」

「えっ、ああ、そうだよな。もし優勝したら、初の全日本王者になるわけだし」

とは言っても、日本には絶対王者がいる。光流がそれを抜くことは、なかなか難しいだろう。そうタカをくくっていた。

「じゃあ、もし優勝したら、私のことも伝えてね。友だちにファンがいて、いっしょに応援していたって」

「ファンって、ほんとか？」

　池端が隣から茶々を入れる。

「うん、光流くんは同い年だし。和馬の友だちなら、そっちを応援するよ」

　そんな話をしていると、店員がピッチャーに入れたビールとジョッキを持って来た。それを各自に配ったり、それぞれ注いだりする。みんなの関心は画面から離れたようだった。

「じゃあ、今日はお疲れさま。俺らの就活の成功を祈って、乾杯！」

「乾杯！」

　ジョッキに口をつけると、すぐに麻耶が和馬の注意を喚起する。

「ほら、光流くんが滑るよ」

　スクリーンにはリンクの端でコーチのアドバイスを受けている光流が映っている。最終グループの第一滑走者だ。一昨日のショートで得意のアクセルが失敗して一回転になり、ショート五位と出遅れていた。今年は連覇を続ける絶対王者の対抗馬として大いに期待されていたのだが、それがプレッシャーだったのだろうか。

しかし、スクリーンに映った光流の顔は、これまで見たことがないくらい冷静な、そう静謐《せいひつ》という言葉がしっくりくるくらい落ち着いていた。

いい時の光流だ。自分に集中している顔をしている。

長いつきあいだ。顔を見ただけで、その時の体調や精神状態まで見当がつく。

「頑張れ」

麻耶がつぶやくように言う。そして、祈るような目で光流の姿を見つめている。

ファンってこんな感じなのかな。会場ではもっと熱心なファンが、息を凝らして光流の姿を追っているんだろうな。

ふと和馬は思う。

全日本の会場にいると、ファンの想いというか、応援の波動を感じることがある。氷の真ん中にいると、それが頭上に降ってくる感じなのだ。とくに、長年トップで戦い続けてきたような選手に対して起こる、会場全体を包み込む祈りのような温かい波動は、直接関係ない自分たちでも、身震いするほど感動的だ。

あれは、全日本じゃないと味わえない、特別な光景だった。自分も、一昨年《おととし》は当事者のひとりとして、そこにいたんだな。

男たちは、すぐにスクリーンから目を離し、雑談へと戻っている。

「おまえはインターンシップやった会社から誘われてるんだろ？　そこにすればいい

じゃん」

「でもさあ、あそこの雰囲気、ちょっと嫌な感じなんだよね。体育会系だしさあ」

麻耶だけは集中して画面を見ている。和馬は男たちの話に耳を傾けながら、目は画面を追っている。

曲は聞こえてこないが、「チャイコフスキーのバイオリン協奏曲」とテロップが出ている。いかにも光流には似つかわしい。クラシックの抒情的《じょじょうてき》な曲は、光流がいちばん得意とするものだ。衣装は大きな襟とゆったりとした袖の白いシャツ、それにシンプルな黒いパンツ。いつものきらきらしたタイツより、ぐっと大人びて男っぽく見える。

最初に四回転トウループ、三回転トウループのコンビネーション。

ふたつめのジャンプが少し詰まったが、失敗せずに下りた。

それから、次は四回転サルコウ。これはクリーンに決まった。

「よし」

小さな声で麻耶が言う。

最初の大技をこなすと、光流は波に乗った。軽やかな足さばきでステップを踏む。

そして三回転ルッツ。ステップからジャンプへ、スピンへ、流れるような動作の美しさに目を奪われる。

光流の顔がアップになった。試合中とは思えない、穏やかな顔をしている。

和馬の背中に何か戦慄のようなものが走った。

いつもの光流じゃない。今日の試合は、特別な滑りだ。

音が聴こえないのに、……光流を観ていると音を感じる。音と一体になっているから……いや、光流の身体から音を発しているみたいだ。

これは……すごい演技になるかもしれない。

もはや友人たちの雑談は耳に入ってこなかった。麻耶とふたり、食い入るように画面を見つめている。

その気迫に、ほかの友人たちがしゃべるのをやめたことにもふたりは気づいていない。

滑り終わるまでの時間はあっという間だった。光流の腕が、脚が、身体全体が、フイギュアの理想ともいうようなうつくしい動きを形作る。ひとつひとつのジャンプやスピンやステップは、ただの要素。ひたすらうつくしい世界を表現するための手段のようだった。

「すげえ観客だなあ」

池端の声に、和馬は我に返った。演技が終わると同時に、多くの観客が階段を走り下り、手に持った花やぬいぐるみをリンクへと投げ入れる。フラワーガールが懸命にそれを拾うが、後から後から降り注ぐので、右往左往している。

「あれ、花とかじゃなくて、お金だったらいいのにな。一度の演技で、何十万って稼げるぜ」

「それ、おひねりってやつか？」

「二十歳過ぎた男が、花とかぬいぐるみなんてもらってもどうしようもないしなあ。それとも、あれ、フィギュア男子はぬいぐるみが特別好きなのか？」

男たちはやっかみ半分、好き勝手なことをしゃべっている。

和馬はまだ衝撃から抜けられずにいた。

光流は、すごいところまで行ってしまった。

「よかったねえ」

溜息交じりに麻耶が言う。

「ノーミスだったよ。あれ、ゾーンに入っていたんだよね、きっと」

「ゾーン？　極限の集中状態って、あれ？」

「うん、そう思わない？」

「ああ、そうだね、きっとそうだな」

今日の光流は特別だった。きっと精神状態がいつもとは別のものになっていたのだろう。

「和馬も、ゾーンに入ったことってあるの？」

「いや、俺はないよ。競技中っていろいろ考えることあるし、それがぶっ飛ぶような集中ってなかなかできないよ」

「考えることって、どんなこと？」

麻耶は興味津々という顔だ。そのキラキラした目がきれいで、和馬は思わず目を逸《そ》らす。

「たとえば、二連続ジャンプの予定がひとつで終わったから、どこでカバーしようとか、転んでステップが詰まった分、どんな風に辻褄《つじつま》を合わせようか、とかね。スピンの時は、何回まわっているか数えなきゃいけないし」

いまの採点法では、ひとつひとつのエレメンツを正確にこなさないと点数が伸びない。だから、演技する側も冷静な頭で計算することが求められる。ゾーンに入るどころではない。

「へえ、そういうものなのね。フィギュア選手は『俺を見ろ！』って陶酔して、演技に没入するのかと思っていた」

「そんなの、いまの採点法じゃ無理だよ。音楽に没入しても、ちゃんとスピンの回数は数えなきゃいけないんだから」

だけど、いまの光流はゾーンに入った。そう考えなきゃ、これほどの演技ができるはずがない。

「そろそろ点数が出るわね。……すごい！　三百点超えた！」

スクリーンには、信じられないという顔の光流と、やったね、と光流の肩を抱くアメリカ人のジャクソンコーチの姿が映し出されている。

「これなら、優勝も狙えるかもね」

麻耶は右手の拳を強く握りしめている。

「まあ、メダルは確実だと思うけど」

トップの神代との差は十二点くらいあったはずだ。神代が多少のミスをしても、この点差なら逃げ切るだろう。おおかたの予想どおり、光流は二位に落ち着くのではないだろうか。

しかし、その日最終滑走で出場した神代は、精彩を欠いていた。最初の四回転トウループを失敗し、その次の四回転三回転では着地が乱れてコンビネーションにできなかった。そのミスが響いて、いつもの勢いは殺《そ》がれていた。なんというところのないステップでつまずき、観客がヒヤリとするシーンもあった。

終わった瞬間、がっくりと肩を落とすその姿が、何より雄弁にその日の出来を物語っていた。そして、点数が出た瞬間、がっかりしたように神代はうつむいた。

カメラに、舞台裏の光流が映る。新しい全日本チャンピオンの姿をいち早く捕らえようとしているのだ。

ほんとうに？　と言うように、光流はまわりの人間に何か尋ねている。

再び場内の神代の姿が映った。すぐに敗北を受け入れ、手を振って応援してくれたファンに挨拶をしている。その堂々たる姿は、やはり絶対王者だと和馬は思う。単に試合の勝ち負けではない、十年近くトップに君臨してきた選手には、ほかにはない王者の貫禄《かんろく》が備わっている。

「よかったねえ。すごい試合だった」

麻耶がしみじみと語る。男どもを無視して、麻耶の目はずっとスクリーンに釘づけになっていた。

「和馬、祝辞送るんでしょ。忘れずに私のことも書いてね」

「え、ああ」

まだ覚えていたのか、と思いながら、和馬はポケットからスマートフォンを出した。麻耶の視線を意識しながら、ＬＩＮＥを起《た》ち上げ、光流宛ての文章を打ち込んだ。

『全日本優勝、おめでとう。素晴らしかった。いままで見た光流の演技のうちでも、ベストだと思った。鳥肌立ったよ。それから、いっしょに見ていた友だちが光流のファンで、おめでとうと伝えてくれ、と言ってる』

そこまで書いて、続きをどうしようか、と思ったが、

『リンクのみんなも、光流の活躍を喜んでいる。そのうち時間ができたら、こっちにも遊びに来いよ。みんな会いたがっているぞ』

いささか社交辞令っぽいが、ほかに書くことも思いつかない。そのまま打ち込んで、送っておいた。

「出しておいた」

「返事来るかな?」

「さあ……。たぶんいろんなやつからメールが来るだろうし、いちいち返事している暇はないんじゃないか」

自分が東日本ジュニアで優勝した時でさえ、いろんな人からメールが届いた。中には、名前を見ても誰だか思い出せない人間からも連絡が来た。結局そいつには返事を出さずにスルーした。光流にとって自分はきっとそういう人間なのだ。

「そっか。今晩はテレビの取材もあるんだろうね。帰ったら、テレビ観なきゃ。でも、もし返事来たら教えてね」

返事なんて来るわけない。自分は光流にとっては過去の人だ。それでも、麻耶をちょっと感心させたから、それでいいか。

「だけど、やっぱり全日本っていいよね。現地で観られたらいいのになあ。いまはチケット取るのもすごくたいへんなんだってね」

十数年前にスケートブームが起こるまでは、全日本は誰でも観に行けた、と柏木コーチからよく聞かされた。その頃は関係者と、ごく少数の熱心なファンしか観に来なかった。ひとりでも多く観に来てほしかったので、入場料も取らなかったのだ、と。

いまは一番良い席ともなると一万円を超えるが、それでもファンの間で争奪戦になるという。だから、選手の家族や友だちでさえチケットを取るのが難しくなった。

「そうらしいね。俺の場合は関係者だから、取ろうと思えば取れたけど」

それでも、出場選手の家族であれば、一枚は席の割り当てはある。シャペロン席という、選手の付き添いのための席が用意されている。

「じゃあ、やっぱり家族が応援に来たの？」

「いや、全然。うち商売やってるし、年末は書き入れ時だから、全日本どころじゃない。結局、友だちで行きたいってやつがいたから、そいつにあげちゃった」

それは当時つきあっていた彼女だ。大学入る頃にはもう別れてしまったけど。

「じゃあ、もし来年、チケット余っていたら、私にもらえないかしら」

「えっ、でも、札幌とかでやるかもしれないんだぜ」

「かまわない。チケットがあるならどこでも行くから。ね、約束よ」

麻耶の剣幕におされて、つい「ああ」と返事をしたものの、和馬はちゃんと説明できなかった。関係者つまり全日本出場者でないと、チケットは手に入らない。自分は来年出場しないだろうから、チケットは手配してもらえないのだ、と。

まあ、いいや。どうせ来年まで覚えてやしない。気まぐれでそんなこと、言ってみただけだろう。

光流だって、きっとメールのことなんか、忘れてしまう。たくさんの祝辞が溢《あふ》れて、俺のメールは埋もれてしまうだろう。

みんな、その場限りのことなのだ。

「おいおい、そっちばかりで盛り上がってないで、ちっとはこちらの会話にも参加しろよ」

紅一点を独占している和馬に嫉妬したのか、池端が焦《じ》れたように言う。

「あ、ごめん、もう試合終わったから、大丈夫よ」

麻耶が言いながら、ジョッキを掲げる。

「じゃあ、また乾杯しない？」

「なんのため？」

「うーん、光流くん優勝祝いかな」

「えー、なんで俺らが？」

「まあ、いいじゃない。乾杯の口実なんてなんだって」

「いいけどさ」

池端が不満げな顔だが、麻耶を邪険にしたくないのか、しぶしぶジョッキに手を掛けた。

「乾杯」

「乾杯。光流くんの優勝を祝って。それから、来年和馬くんが全日本に出られますように」

麻耶が思いがけぬことを言ったので、和馬は掲げていたジョッキを思わず下ろした。

「なんじゃ、それ。和馬は全日本目指しているの?」

「ん、どうなるかな。来年は就活もあるし」

池端の問い掛けに、和馬は苦笑を浮かべるしかない。

「両方頑張って。和馬くんが出たら、みんなで応援に行くよ」

麻耶は無責任に激励する。一年休んだ後、リンクに戻って全日本に出られるレベルに戻すのがどれだけたいへんか、麻耶にはわからないだろう。

「あ、それもいいね。どこでやるの?」

「まだ決まっていないと思う。五輪シーズンだから東京近郊でやるかもしれないけど、札幌という説もあるし」

和馬が仲間の問いに答える。

「札幌はちょっと遠いな」

「行けなかったら、ここに集まってテレビ観ながら応援するか」

「それいいね」

いいも何も、テレビに映るのは後半グループだけだ。自分たちのような学生スケーターはテレビ的には存在しないに等しい。

「ともかく、和馬くんの健闘を祈って、乾杯！」

「乾杯！」

見当違いに激励されて、和馬は貼りついたような笑みを浮かべていた。


その翌朝、前日の深酒が響いて、和馬は起き上がる気になれず、ベッドに横たわっていた。起きても起きなくても、和馬に注意する者はいない。無理に早く起きる必要もない。

ふいにスマートフォンが鳴る。こんな早くから誰だろう、と和馬は思う。誰かが、急遽《きゅうきょ》バイトのシフトを替わってくれとでも言うのだろうか。しかし、表示された名前を見て、和馬は思わず飛び起きた。

川瀬光流
ベッドの上に正座して電話に応答する。

『もしもし』

なつかしい声だ。中学までは毎日この声を聞いていた。

「光流？　おまえ、電話なんかしていて大丈夫か？」

思わずそんな言葉が出た。全日本優勝の翌日だ。きっと取材やら何やらで忙しいだろうに。

『ああ、もう三十分ほどしたらホテルの一室で取材がある。だけど、和馬もいまならヒマかと思って』

時計は七時を回ったところ。スケートを続けていれば、朝練が終わって更衣室で着替えている時間だ。

「俺はいつでもいいけど……。おまえ、忙しいんだろ」

『まあな。来週にはまたアメリカに戻ることになっている』

「正月は向こうか？」

『うん。家族が来てくれることになっている。どうせ、こっちじゃ落ち着かないから』

光流は有名になり過ぎた。顔が知られているから、日本中どこへ行っても声を掛けられる。家族で旅行をしている姿を、ツイッターに上げられたりしている。

「で、何か用か？」

『いや、メールくれただろう？　ありがとう。嬉しかった』

「そんなこと……。俺だけじゃなく、みんなからいっぱい来たんじゃないの？」

『そうでもない。俺、携帯の類は持っていないことになっているから』

世間的には、麻耶の言ったとおり広まっているらしい。

『ところで、和馬、今回全日本に出なかったな。まだ調子悪いのか？』

「ああ、手術してリハビリしてたから、秋には全然間に合わなかったんだ。医者から運動してもいい、と言われたのは、つい最近のことだし」

『そうか。……だったら、来年は会えるかな？』

一瞬、何のことかわからなかった。だが、すぐに全日本のことだと気がついた。自分と光流の間にはスケート以外の繋がりは何もない。

「えっ、ああ。予選勝ち抜けたらだけど」

『できるさ。和馬の集中力は並みじゃないから』

「そうかな？」

『そうだよ。小四でスケート始めて、中二には三回転五種類跳べるようになってたじゃないか。そんなやつは滅多にいないよ』

ほかならぬ光流に言われると、素直に嬉しい。人をおだてたり、心にもないお世辞を言うような人間ではないことを知っているからだ。

『いまだから言うけど、俺には和馬の追い上げは脅威だったんだよ。俺の方が何年も前に始めていたのに、抜かれまいと必死だったんだ』

「えっ、ほんとうか？」

どきん、とした。光流は小さい頃からずっと和馬の先を行っていた。まさか、光流がそんな風に思っていたなんて。

『それに、和馬のおかげで助かったことがあるし』

「なんのこと？」

『俺、ほかの三回転は跳べたけど、ルッツがなかなかうまくならなかったろ。よくエッジエラーを取られていた。そうしたら、和馬に言われたんだ。右足のトウを突く位置が右に寄っている。もうちょっと左足の後ろに寄せればって』

「そんなこと言ったっけ？」

小さい頃は柏木コーチの門下生で数少ない男子同士、しかも同級生だ。いちばんよくつるんでいた。たいていはふざけていたけど、たまには比べあったり、励まし合ったりもした。その頃何をしゃべっていたかなんて、ちっとも覚えていない。

『すごくわかりやすい説明だったよ。外側にトウを突くと、その分身体が開く。そうすると身体がインに傾くから、やめた方がいいって。俺、それで納得したんだ』

ルッツ・ジャンプは左足で後ろに滑り、右のトウを突いて左足のエッジの外側で踏み切る。助走の向きに対して身体の使い方が不自然なので、フラットで跳んだり、エッジの内側で踏み切ることになりがちだ。ルッツがアクセルに次いで難しいとされているのは、そのためである。世界選手権に出るようなトップクラスの選手でも、正確なエッジで跳ぶのは難しく、エッジエラーを取られたりしている。

「覚えてないわ、全然」

『俺は覚えている。それから俺、トウの位置を変えて、それでエラーを取られなくなったんだ』

「と言うと、光流がルッツ得意になったのは、俺のおかげってことか？」

『ああ、そうだよ。だからルッツを跳ぶと、和馬の言ったことを思い出すんだ』

昨日の光流を思い出した。優雅な動作でステップからルッツを跳んだ光流。まるで、生まれつきルッツが得意であるかのように、自然だった。

胸がぐっと熱くなった。

あのルッツの中に、俺のアドバイスが生きているってことか。

『大きな怪我の後、戻って来るのはたいへんだと思うけど、頑張れよ。来年会えることを楽しみにしている』

「お、おう」

それしか答えられなかった。その後、何をしゃべったかは覚えていない。だが、ひとつだけ、はっきりしていた。

俺は来年全日本に出る、と。

全日本に出て、光流の目に入るところで演技をするのだ、と。

3

フィギュアスケートっておかしなスポーツだ、と井手将人《いでまさと》は思う。そもそもスポーツなのに衣装がばらばらってヘンじゃないか？　ふつうは学校ごとにユニフォームが決まっているし、剣道や柔道などは、みんな似たり寄ったりの道着を着る。選手ごとにこれほど違うのはフィギュアくらいだ。採点競技なら条件はなるべく同じにした方がいいのに、衣装が違うのは不公平じゃないだろうか。衣装の違いで演技の印象も変わってくるし、衣装の良し悪しは結局、選手の資金力によって決まるものなのに。

目の前のリンクの中では、華やかな衣装を着けた女子たちが、練習をしている。一番下の初級の女子でも、全日本に出るような七級の選手たちと衣装は大差ない。ここ一番の勝負服なのだろう。

でもまあ、フィギュアやるような子は顔にもスタイルにも自信があるような子だろうし、眼福ではあるけどな。

将人はふうっと息を手に吹き掛ける。六月上旬の今、リンクの外は二十五度を超える暑さだが、ここはまるで冷蔵庫の中だ。でっかい氷の塊からフェンス越しとはいえ一メートルも離れていないのだから、寒いのは当たり前のことだけど。それでも自分もほかの学生たちも、ことさらに厚着をしたりしない。着ぶくれしているのは、応援席のおばちゃんたちくらいだ。六月なのに厚着しているのはカッコ悪いし、わざわざジャケットを持ち運ぶのも面倒だ。寒さに耐えられなくなったら、しばらく外に出て温まればいいだけのこと。

一級の試合が終わったら、七級男子の試合までは少し時間がある。うちの学生は後半に固まっている。それまで隣のドーナツショップで暖をとろう。そこで明日に備えて問題集をやるか。

オレンジの華やかな衣装に身を包んだ選手が、足を後ろに高く上げた位置を保ったまま目の前をさあーっと通り過ぎた。足のかたちやお尻のかたちまではっきりわかる。エロい目で見ようと思ったら、いくらでも見られるな。水泳の水着より、ひらひらしたスカートがついてる分、風にまくられると、どきっとする。

それに、むしろ一、二級くらいの選手の方が、隙のない体型のアスリートよりも色っぽいし。そういう不純な目で見に来るやつはいないんだろうか。

将人は観客席に目をやる。五十人も座ればいっぱいになる観客席のほとんどが中年の女性だ。選手の母親か、もしくは年季の入ったスケオタなんだろう。こんな小さな大会ですら、スケオタつまりスケートオタクと呼ばれる熱心なファンが観に来ることを、将人も大学のスポーツ新聞部の部員として取材するようになって初めて知った。

彼女たちの今日のお目当ては、やはりうちの学生なのかな。女子の七級は明日だし。うちの堺省吾《さかいしょうご》あたりを応援に来ているのだろうか。

今日の試合は関東学生フィギュアスケート選手権大会。通称関カレ。関東地区の大学生の集まる大会だ。スケート連盟が行うバッジテストでは一級、二級とレベルがあるのだが、レベルごとにグループを作り、その中で成績を競い合う。

そのこと自体も、将人はヘンだ、と思う。ほかのスポーツでも体重や年齢で階級を分けることはあるが、技術レベルで分けるのはフィギュアくらいだろう。そのレベルによって出られる試合と出られない試合がある。国内最高峰の試合である全日本選手権ともなると、七級以上でないと出られない。だが、関カレは全レベル出場可能だ。全階級の試合を二日間ですべてやる。関東大会っていっても、野球でいえば区の予選と関東大会の決勝を二日間でいっぺんにやるようなものだ。

まあ、期間が短い方が、取材するこっちも助かるといえば助かるんだが。

「おう、新聞部、もう取材か？」

後ろから声を掛けられた。振り向くと、同じ大学のジャージを着た選手が五、六人集まっている。声を掛けてきたのは、フィギュアスケート部の部長の高橋《たかはし》だ。今日の男子七級の部に出場する。

「ああ、一級で鍋島《なべしま》さんが出るだろ？　一応、押さえておこうかと思って。そっちも鍋島さんの応援？」

「もちろん。うちは女子が少ないから、俺らも応援しないとな」

「鍋島さん、第二滑走だっけ？」

「いや、第一滑走の選手が棄権したそうだから、繰り上がりで鍋島さんが一番だ」

「そうだっけ。じゃあ、もう行かなきゃな」

「おう、いい写真撮ってくれ」

高橋の言葉を聞き終わる前に、将人は会場の奥へと小走りで向かった。リンクの奥、ジャッジと反対あたりに、取材用の一角がある。リンクの全面が透明な板で張り巡らされているのだが、取材できる一角はそれがなく、クリアな状態で撮影ができる。

この板があるのも、エロい考えでシャッターを押す人間がいないように、という心配りなのだろうか。

取材できる一角はまわりから低い仕切りで区切られており、事前に申請した取材者あるいは選手の家族だけが使用できる。五、六人も立てばいっぱいになるくらいの広さなので、各大学のスポーツ新聞部は、自分の学校の選手が出る時だけそこに立つ。

急いでそこに行き、隅のベンチに荷物を下ろして、手早くカメラの望遠レンズを装着する。一眼レフのカメラは、部の備品だ。取材のたびに部室から持ち出している。将人がそこに立ってカメラをセットし終わるのと、鍋島の名前がコールされるのと、ほぼ同時だった。

「一番、鍋島佳澄《かすみ》さん、M大学」

いっせいに拍手と歓声が起こる。

「がんばれー、佳澄ー」

野太い声が響く。ジャッジ側の横にある一角には同じ大学の選手が応援に詰めている。鍋島は並んで手を差し出している五、六人の学生に、素早くタッチしてリンクの真ん中へと進む。

曲は去年と同じショパンの『ノクターン』だ。鍋島は今年四年生。大学に入学してからスケートを始め、二年で一級を取ったものの、その後もずっと一級のままだ。大学からスケートを始めた選手はだいたい似たりよったり。ルッツ、フリップ、ループのどれも跳べて、ひとつはコンビネーションにしなければならない二級の課題を、学生のうちにクリアできたらかなり立派だ。

関東選手権と言いつつ、この辺のレベルは発表会みたいなもんだな。トップとは差がありすぎる。

鍋島の演技の中には一回転のジャンプしか入っていないし、スピンも単純なアップライトスピン、一回転トウループをコンビネーションで跳ぶのが最大の見せ場だ。

ほんとは、鍋島クラスの学生を新聞で扱うことはないし、わざわざ試合を観る必要はないかもしれない。だからスポーツ新聞部の下級生には、七級男子が始まるまでにリンクに来ればいい、と伝えてある。将人がそれでも観ようと思ったのは、鍋島が同じ学部の同じゼミだからだ。特に親しいわけではないが、スポーツ新聞部が取材に来ているのに、自分の時は誰もいなかったと知ったら、あまりいい顔をしないだろう。

まあ、鍋島はかわいいし、被写体としても悪くないからな。

と、自分に言い訳する。鍋島はゼミ内でも人気がある。将人はあまり口をきいたことはないが、なんとなく意識はしていた。

あれ、うまくなった。

鍋島が滑り始めて、将人はすぐに思った。ひとつひとつの要素《エレメンツ》のレベルは低い。ジャンプは一回転しか跳べないし、スピンも一番簡単な、立ったまま回るアップライトスピンだ。しかし、ひとつひとつの仕草や身体の動かし方は美しい。指先まで丁寧に、神経を張り巡らせている。

何よりその表情に目が奪われる。時に微笑《ほほえ》み、時に切なそうに、曲調に合わせて柔らかく変化する。

構えていたカメラを下ろし、思わず肉眼で鍋島の姿を追う。

ああ、こういう演じ方もあるんだな。

去年も一昨年も鍋島を観ているが、これまでは氷の上で滑るだけで精一杯、という感じだった。だが、今年は振付を自分のものにしている。滑りが上達したこともあるが、同じ曲でずっと練習してきたから、演技に情感を込めることができるようになったのだ。

柄にもなく将人は胸にじんとくるものを感じて、慌ててカメラを構え直した。

こういうのは、大人のスケーターだからこそ、なんだろう。しかし、よく鍋島は続けたな。まわりはみんなうまいやつばかりだし、いつ嫌になるか、と思っていたけど。

将人の大学のフィギュアスケート部は優秀な選手が多い。とくに男子はほとんどが全日本に出られるレベルだ。世界選手権を狙えるような選手は、名古屋や大阪のスケートリンクを持つ学校か、東京のトップの私立大学に取られてしまうが、その次のレベルの選手は将人の学校に多く集まっていた。

だが、同じ大学のフィギュアスケート部といっても、いっしょに練習することはほとんどない。それぞれが自分の通っているリンクで、それぞれのコーチに指導を仰ぐ。そして、関カレやインカレのような試合になると大学のジャージを着て、フィギュアスケート部として参加するのだ。

だから、場内の応援も、同じ大学の人間よりも、同じリンクで練習している仲間の声の方が大きかったりする。鍋島は確か、高田馬場のリンクで練習していたはずだ。それで、「佳澄〜」と、あちこちから声が掛かっている。

その辺もフィギュアのおかしなところといえばおかしなところだよな。個人競技はいろいろあるけど、こういうシステムの競技はほかにあるだろうか。スキーとかスピードスケートもやっぱり同じなんだろうか。

あいにく将人の専門外なので、状況はわからない。将人がスポーツ新聞部で担当しているのは五競技。フィギュアのほか野球、卓球、射撃、弓道も追い掛けなければならないので、それ以外のスポーツについては詳しく調べる暇がない。

鍋島の演技が終わった。一級の演技時間は一分だから、あっという間だ。目立つミスもなく、持てる実力を発揮できたのだろう。本人は輝くような笑顔で、会場の声援に応えている。

将人は思わずシャッターを押した。こんな笑顔の鍋島は、教室では見られない。それを記録に残したかった。紙面を飾ることはない、とわかっているが、なんとなくそうせずにはいられなかった。

関カレでは、テレビで観る試合のように、キス&クライ、通称キスクラに選手が待機して審査結果を待つというシステムはない。キスクラのスペースもなければ、得点の出る電子掲示板もない。だから、鍋島がリンクを去ると、すぐ次の選手がリンクに出てくる。点数はその級の演技が全部終わった後、ロビーに手書きの紙で貼り出されるのだ。

次の選手の演技が始まるので、将人は取材者席を出た。初級と一級の女子選手は多い。それぞれ二十人はいる。大学になってスケートを始めて、この大会に出るのを目標としている選手も、それだけ多いということだろう。だが、それ以上に多いのは六級と七級の女子だ。それぞれ三十人を超える。あまりに多いので、かつてはフリースケーティングで審査されていたのが、六、七級についてはショートプログラムだけで審査するシステムに替わった。二日間で全日程を終えなければならないので、競技時間は短くしたいのだ。

鍋島はメダルを獲れるかもしれない。一応、表彰式も押さえておこう。一級の結果が出るのは、午後一時過ぎか。

それまで外に行ってるか、とロビーに出たところで、同じ大学のジャージを着た選手とぶつかりそうになった。

「あれ、伏見くん。来てたのか」

伏見和馬を試合会場で観るのは一年ぶりだろうか。大学二年の全日本直前に、左足を痛めて休養をよぎなくされた。怪我をする前は、東日本ジュニアで優勝、全日本ジュニアでも四位入賞、スケート連盟の強化選手にも選ばれていたし、大学としても期待の選手だったのだが。

「ああ」

和馬は将人よりもやや小柄だ。ほかの選手同様百七十センチはないだろう。しかし、なぜか妙に目立つ。目鼻立ちはふつうなのに、化粧でもしているのだろうか、と見まごうような華やかさがあるのだ。色気、というものかもしれない。たぶんアイドルとか芸能人を間近で見たら、こんな感じなんじゃないかと思う。

長年自分を見せる演技をしていると、こうなるのかな。だけど、ほかの選手たちはそれほどでもない。成績的には似たり寄ったりなのに、そこは不思議だ。華がある、というのは生まれつきのものなのかもしれない。

「怪我はもういいの？」

「そっちはなんとか。でもしばらくリンクを離れていたから、前みたいには滑れないけど」

「でも、戻ってくれてよかった。伏見くんはスケートやめたって言ってる人もいたから。あとで、取材よろしく」

それを聞くと和馬は苦笑のような笑みを浮かべ、そのまま奥の控室の方に行ってしまった。

ほんとに戻って来たんだ。

将人はぼんやり和馬の背中を見送っていた。その後ろ姿は、以前同様アスリートらしく引き締まっており、つい最近までキャンパスでたまに見掛けた、弛緩《しかん》した姿ではない。

休んでいる間の和馬の噂はなんとなく耳に入っていた。学年は同じだし、和馬はスポーツ関係の学生が多い政治経済学部に所属しているから、ほかの選手から噂も耳に入る。和馬はアスリートであることを忘れたように、毎晩遊び歩いていたという。怪我が完治しても、なかなかリンクには戻らないという話も漏れ聞こえてきた。フィギュアの選手はほかの競技よりもストイックさが要求される。とにかく、練習時間を確保するだけでもたいへんなのだ。同じクラブメイトでリンクを貸し切るのは早朝もしくは夜。それに生活を合わせなければいけないし、五百グラムでも体重が増えるとジャンプの跳び方が狂うという世界だ。体重管理も厳しい。一年もの間好き勝手やっていた人間は、もはやストイックな選手生活には戻れないだろう、と囁《ささや》かれていた。

それに、就活の問題もある。ほかのスポーツ選手なら、実業団に入るとか、プロを目指すという方法もある。そして、さらに上のレベルを目指すこともできる。

しかし、スケートのおかしなところは、アマチュアの方がプロより技術のレベルが上だ、ということだ。表現力などは年を取ってからの方がうまくなると言われるが、その辺はフィギュアファンではない将人にはよくわからない。やはり難易度の高いジャンプを跳べてこそ、だと思うが、ジャンプが跳べるのは若いうちだけ。それも、身体の軽い中学生だの高校生だのの方が有利なのだ。特に女子の場合は、ジュニアで活躍していても、大学に上がる頃には高難度のジャンプが跳べなくなり、並の選手になっていることも少なくない。花の命は短いと言うが、フィギュア選手のピークはほかの競技と比べても短いのだ。

そして、プロのスケーターになれるのは、アマチュア時代にそれなりの成績を残した一握りの選手だけだ。プロスケーターの方は競技に出ることはほとんどなく、アイスショーという興行が仕事になる。だから、興行でお客を呼べるような、名前の通った選手だけがプロとして食べていける。彼らはショー以外にも、講演やテレビの解説などの仕事もできるからだ。ショーの群舞などで活躍する人間もいるが、年間通して演じる回数が限られているので、スケートだけではとても食べていけない。

まったく、残酷なスポーツだな。

将人はしみじみ思う。フィギュアスケートはほかよりも続けるのにお金が掛かる。お稽古事として割り切るならそれほどでもないが、選手を目指してコーチにつき、リンクを貸し切って練習をするとなると、あっという間に金額が跳ね上がる。並より上を目指すなら年間百万は掛かるだろう。さらに、衣装とか振付とか海外留学とか、凝ろうと思えば上限がない。その割に報われることは少ない。これまで大学で活躍したスケーターたちも、卒業と同時にやめてしまうのが一般的だ。就職でも、スケート関連の仕事に就いた者はほとんどいない。

それでも、全日本に出たとか実績があれば、ほかの学生よりは就職に有利なんだろうけど。フィギュアでそれだけの実績を積むために費やす時間とお金を考えたら、ほかのことをやっていた方が効率はいいんじゃないだろうか。

そう考える将人自身も、スポーツ新聞部での活動は就活に有利だと考えている。将人はマスコミ志望だ。できれば放送の方に行きたいが、新聞とか出版でもいい、と思う。斜陽産業と敬遠する人間も多いが、そうした仕事はなくなることはない。取材して、それを記事にまとめる人間は必要だ。そして、いま部活でやっていることは、きっとその役に立つ。それに記事を書くことに慣れているから、就活の作文なんて楽勝だ。

そうでも考えなきゃ、自分もやってられない。土日はたいてい試合の取材でつぶれるし、遠征費はほぼ自腹だから、バイト代はそれで飛んでいく。今日も、終わったらなるべく早めに選手のインタビューをＨＰにアップしなければならない。

そろそろ自分も部活を引退したいと言ってるのだが、なかなか許してはもらえない。せめて夏までは、と言われている。まだ一年生が戦力にならないし、いまの時期は試合が多いからだ。

大学のスポーツ新聞部で力を入れているのは、野球とラグビーだ。両方とも全国屈指のレベルの高さを誇り、大学の体育会の看板でもある。このふたつは別格だ。リーグ戦で優勝したりすると、号外を出すこともある。しかし、SNSで圧倒的に反響が多いのはフィギュアスケートだ。大学スポーツに興味があるというより、熱心なスケオタが、全日本レベルの選手についてまめにリアクションしてくれるのだ。なので、フィギュアの選手のインタビューはなるべく早く、多めに流せ、ということになっていた。

将人はリンクを出て、隣のドーナツショップへ移動した。関カレは入場無料で、出入り自由だ。会場の外でも、これから演技する選手や、関係者がうろうろしている。幸いドーナツショップに空いてる席を見つけることができた。そこで、持って来たノートパソコンを開き、就活の情報をチェックする。それから、就活用の問題集を広げ、解いてみる。マスコミ対策用のものだ。来週にも二社、試験がある。そのうちひとつは条件がいい。本命ではないが、ここに受かったら万々歳と思える会社だ。筆記を合格して、ぜひとも面接にこぎつけたい。

コーヒー一杯とドーナツ一個で三時間ほど粘った。時計を見ると、ちょうど六級女子の試合が終わる頃だ。この後、初級と一級の表彰式が行われる。そろそろリンクに戻ろうと、将人は席を立った。

リンクの入場口を入るとすぐの狭いロビーで表彰式が行われる。関係者でごった返しているところに、主催者の女性が現れ、一級の上位入賞者の名前が呼ばれる。

「三位　鍋島佳澄さん　M大学」

ぱちぱちと拍手が起こる。人混みの後ろから、顔を上気させた鍋島が現れた。入賞者六人まで名前が呼ばれると、賞状とメダルが授与される。見守る仲間たちが嬉しそうに健闘を称《たた》えている。

一級の受賞者には、国立大のトップクラスの学生が何人かいた。そうした大学には、小さい頃からスケートに打ち込んでいたという人間はまずいない。なので、一律に大学に入学してからスケートを始め、切磋琢磨《せっさたくま》して練習に励んできたのだろう。もしかしたら、みんな同じリンクで練習したりしているかもしれない。正しく、大学のスケート部というのは、こういう学校をいうのだろう。

授賞式が終わると、そうした大学の学生たちは全員集合して、今日の反省をし、そのまま解散した。その後の六級、七級の試合に出る学生はいないのだ。

ごった返すロビーの中でようやく鍋島をつかまえると、将人は聞いてみた。

「この後、少し話聞かせてもらえる？」

「えっ、私の？」

鍋島はびっくりした顔をしている。大学のスポーツ新聞で取り上げられるのは、フイギュアの場合、七級のスタークラスの選手が中心だ。鍋島にインタビューしたことはいままでなかった。

「うん、たぶん紙面にはほとんど載せられないと思うけど、せっかくだから」

「わあ、新聞部に取材されるなんて、すごい選手みたい。嬉しい」

鍋島は邪気のない笑顔だ。将人は混雑している室内を避けて、リンクの外に鍋島を連れて出た。

「まずは、三位入賞おめでとうございます」

「ありがとうございます。大学入って、スケート始めた時から、この大会で入賞するのが夢でしたから、とても嬉しいです」

「去年と同じ『ノクターン』でしたね。これを取り上げた理由は？」

「私がスケートをやりたいと思ったのは、その昔、有名な選手がこの曲を滑っているのを見たからです。その演技に感動してスケートをやりたい、って親に頼んだんですけど、近所にリンクはなかったし、スケートはお金が掛かるっていうのでやらせてもらえませんでした。だから、大学に入ってスケート部があることを知って、ぜひやりたい、って思ったんです。その時から、いつかこの曲で滑るというのが夢でした」

「二年連続で取り上げた理由は？」

「この曲を、自分が納得できるまで滑りたいと思ったからです。たとえ一曲でもそういう演目があれば、自分としてもスケートをやった甲斐《かい》があるだろうと思ったので」

「練習はいつもどこでされているんですか？」

「高田馬場のリンクで練習しています。週に三回は早朝練習に参加して、授業の空き時間なども利用して滑っています。平均すると、週に五回くらいでしょうか」

正しく、部活の練習量だ。学業と並行してやっていくには、それくらいがちょうどいい。そう言えば、鍋島はゼミでも優等生だったっけ、と将人は思い出す。

「今回、初めて三位入賞されたご感想は？」

「ほんと、嬉しいです。いままで地道に練習してきたことが、報われたと思います」

「これからの目標は？」

「そうですね。最後の学年だから、秋の関カレでもいい成績を残したいな」

「就活は？」

「なんとか第一志望の内定をもらえました。なので、これからはスケート三昧です」

鍋島が花のような笑顔を浮かべる。

うへ、先越されたか。将人は内心舌打ちする。

同じゼミでも、決まっていないのは俺とあとふたりになっちまった。

「ところで、インカレは？」

「インカレには、そもそも私には出場資格がないので」

そう言われて思い出した。インカレは、三級以上でないと参加資格がない。一級の鍋島には手が届かない大会なのだ。気まずい空気が流れた。締めのうまい言葉が思いつかなかったので、将人はもうひとつ聞いてみた。

「大学卒業してからも、スケートは続けますか？」

「卒業してしばらくは仕事優先でしょうけど、落ち着いたらまた再開したいです。フィギュアスケートは生涯スポーツですし、ひとりでも練習できますから」

「生涯スポーツ？」

フィギュアスケートは若い時期が花、というイメージがあるので、生涯スポーツという言葉がぴんとこない。

「ええ。マスターズというシニアの全国大会もあって、七十代、八十代のスケーターも参加してるんですよ。一度試合を観たことがあって、すごくよかったんです。技術はもちろん若い選手にはかなわないんですけど、みんなスケートが大好きで、楽しんでるっていう感じが伝わってくるんです。私もそんなふうに長く続けられたら、と思っています」

鍋島の目はきらきらと輝いている。

なんとなく、恥じる思いで将人は目を伏せた。トップを目指す選手ばかり追い駆けている自分からすると、鍋島の言葉はまぶしい。純粋にスポーツを楽しむというのは、こういうことなのだろう、と思う。

「ありがとうございました。これからも、スケートを続けられることを期待していま
す」

社交辞令のような言葉だが、本音も交ざっていた。鍋島が望むように、ずっとスケートを続けられるといい、と思っていた。

七級男子が始まる頃には、リンクサイドで立ち見する観客が増えていた。スポーツ新聞部のメンバーも三人応援に駆けつけた。ひとりは三年女子の高見亜里沙《たかみありさ》、もうひとりは二年生女子の山下眞子《やましたまこ》、それに今年入部した男子の前川悠真《まえかわゆうま》だ。スポーツ新聞部で新入生の担当を決める時、女子はみんなフィギュアスケートを担当したがる。中には熱心なスケオタもいて、全日本選手権を取材に行けるからという理由でこの部を選んだ、という猛者《もさ》もいる。だが、部では担当のスポーツを四つ五つ持つことが決まっていると知ると、たいていはやめていってしまう。半端な覚悟では続かない部なのだ。文化系の活動なのに、大学から唯一体育会系と認定されているのは伊達《だて》じゃない。高見も山下もそれなりのスケオタだ。しかし、ほかのスポーツにもちゃんと関心を持っているので続いている。

一年の悠真がフィギュア担当になったのは、将人の強い推薦によるものだ。この大

学は男子スケーターの方がメインだ。男子を取材するには、男子の方がいい。

　正確には取材能力自体に男女差はなく、むしろ女子の方が優秀なくらいだが、男同士は試合以外の場所でつるみやすい。気軽に飲みに行ったりすることもできるので、選手の本音も聞きやすいのだ。だから、悠真がフィギュアにも興味がある、と言ったことを知り、だったら担当に、と推薦したのである。

「じゃあ、今回は高見が堺選手と真崎《まさき》選手、山下が佐脇《さわき》選手、悠真が黒田《くろだ》選手、で、俺が高橋選手と伏見選手ということでいいかな」

　試合が始まる前に、簡単な打ち合わせをする。四年生の将人が中心になる。

「はい」

「じゃあ、カメラの使い方を教えるから、悠真、真崎選手はおまえがカメラだ」

「わかりました」

　フィギュアをうまく撮影するには、それなりのコツがいる。動きが速いので、すぐにフレームアウトしてしまうからだ。それに、ジャンプしている瞬間の顔はあまり美しくない。初心者はスピンしているところか、スパイラルつまり片脚を上げた姿勢を保ちながら移動する瞬間を狙う方がうまくいく。笑顔を撮るなら、最初か最後の挨拶の時だ。そうしたコツを、カメラの使い方とともに先輩が後輩に教えていく。

　しかし、カメラを構えていると、演技の内容はさっぱり頭には入らない。被写体を追い駆けるだけで精一杯だからだ。なので、同じ選手でも記事を書く担当と、写真を撮る担当は分けることにしている。

自分の担当が来るまで、将人はリンクサイドの入口近く辺りに陣取った。そこなら出入りする選手もわかるし、声を掛けることもできる。

七級の第一グループの選手がリンクに現れ、六分間練習をしている。この大会の滑走順は籤引《くじび》きで決めるから、そこに優勝候補の堺選手なども交じっている。みんな、さすがにうまい。そのシーズンのプログラムができたばかりだから、動きにぎごちないところがあるが、二回転や三回転のジャンプも入ってくるし、スピンの形も複雑だ。テレビで観るスケート選手の演技に、ぐっと近づいている。

第一グループの五番目に、将人が記事を担当する伏見和馬が出る。将人にとって、和馬は思い入れのある選手だ。フィギュアスケートで最初に取材したのが、和馬だったのだ。まだスポーツ新聞部に入部したての六月、大学の課題と、慣れない取材を日々こなすのに精一杯で、フィギュアスケートのことはほとんどわかっていなかった。ジャンプが六種類あることも知らなかったくらいだ。

なので、何を聞いたらいいのかすらわからない。質問もしどろもどろだった。相手も何を答えていいのか戸惑っていることがわかって、ますます緊張してしゃべれなかった。そして、十分ほどで取材を終えると、最後に和馬に言われた。

「取材する前に、もうちょっと勉強しておいた方がいいよ。学生新聞だからいい加減でいいって思うんなら、こっちもいい加減な答えしかしゃべれない。そんな取材だったら、お互いやるだけ時間の無駄だろう」

穏やかな口調だったが、言ってる内容は厳しい。事実こちらは学生だし、まだ一年だからうまくできなくても仕方ない、と思っていたのだ。そこを見透かされたのが恥ずかしかった。

将人が和馬の傍《そば》から離れると、すぐに別の女性が傍に寄って行った。それは「フィギュアスケート・メモリー」という雑誌のライターだった。和馬はジュニアの最後の年で、連盟の強化選手にも選ばれていたから、フィギュア雑誌にも注目されていたのだ、ということは後で知った。

プロの取材がどういうものか知りたくて、少し離れてそのやりとりを聞いていた。

取材する方も受ける方も、きっちりプロだった。的確な質問をして、的確な答えをする。ほんの二十分ほどだったが、自分では聞けなかった試合に対する考えや練習での取り組み方などを、プロの取材者は引き出していた。そして、聞き終わると、

「お忙しいところありがとうございました」

余計なことを言わずに、さっと帰って行った。

俺も、あんなふうになりたい。

将人はひそかに決意した。そこが自分の目指す道なのだ。

そして同時に、伏見和馬の試合は自分がインタビューを取る、と決めた。この気持ちを忘れないために。そして、いつか和馬に「いい記事だった」と感心されるような記事を書くために。

それから、フィギュアスケートについての勉強をした。なので、いまはもうどんな選手相手でもそれなりに質問できる。取材相手に記事を褒めてもらうこともある。

だが、和馬からはまだ褒められたことはない。プロのライターの書いた記事と比べれば、自分はまだまだなのだろう。在学中に、一度でいいから感心される記事を書きたい、そう願っているのだが。

将人はスマートフォンを開く。ツイッターのリストの「フィギュアスケート」というところを開くと、熱烈なフィギュアファンのツイートばかりがいくつも立ち上がる。そうしたファンをフォローして、リストに保存しているのだ。そのうちの何人かは、関カレの会場にもいる。

『六分間練習始まった。和馬くん、調子はよさそう。目の前で3T。大きくて着地もきれい』

などと書きこみがある。3Tというのは、三回転トウループ《トリプル》というジャンプのことだ。実は、将人はいまでも六種類のジャンプ、すべての見分けができるわけではない。

いろいろ勉強したのでどういうものかはわかるのだが、テレビの画面でじっくり観ないとお手上げだ。熱心なファンは遠くからでもよく見分けがつくらしい。そして、その知識を惜しげもなくネットで紹介してくれるのは、とてもありがたい。あとで何食わぬ顔をして、

「最後のジャンプに二回転トウループをつけてコンビネーションにしましたね。あれは最初から予定していたのですか？」

などと質問できるのだ。和馬の復活については、やはりネットで話題になっている。ジュニア時代の後半は調子がよくて強化選手にも選ばれているから、今日の出場者の中では知名度は高い。もしかしたら、和馬を観るために来た客もいるかもしれない。

ぼんやり考えているうちに、五番滑走の和馬の番になった。和馬が登場すると、客席の一番後ろに座っている客が立ち上がって、和馬の名前の入ったバナーを掲げている。あちこちから「和馬ー」と声が掛かる。やはり、和馬の復帰を楽しみにしている人間はいるのだ。和馬は応援席にいる大学の部員たちにタッチをすると、リンクの真ん中に来て、最初のポーズを取る。両足を前後に開き、右手を上げ、左手は身体の後ろに添わせ、うつむいている。メロディーが会場に響くと同時に和馬は滑り出す。この曲は前にも聞いたことがある。怪我したシーズンにショートで滑っていた『ラ・マンチャの男』だ。有名なミュージカルの曲だが、物語の内容はわからない。だが、男

っぽい、スケールの大きさを感じさせるところは、和馬に合っていると思う。和馬はスケート選手にしては背も高い方だし、身体つきも筋肉質だ。

最初のジャンプはアクセル。和馬らしい大きなジャンプだが、二回転半だ。二回転か三回転かの区別は将人にもつく。本来は三回転半のところだろう。

その二回転半も、やや着氷が乱れ、ステップアウトになった。

やっぱり、調子がいまいちなのかな。

もともと和馬はあまりアクセルは得意じゃない。決まれば幅も高さもあるダイナミックなジャンプだが、よくすっぽ抜けて一回転になる。アクセルが決まるか決まらないかで、その日の調子の良し悪しがわかるのだ。

ステップも前と雰囲気が変わった。怪我する前より柔らかくなった感じだ。曲調もステップのところから甘い曲想に変化するのだが、以前よりうまくなった気がした。

ああ、腕使いがよくなったのか。

と、将人は思った。以前の和馬はジャンプ中心で、ジャンプとジャンプの間はその繋ぎ、みたいに見えることがあった。しかし、いまはちゃんと音を拾って、ひとつひとつの動作を丁寧に演じている。

ふうん、ちょっと変わったな。うん、おとなっぽくなったみたいだ。

しかし、そのステップにしても、和馬が時々プログラムに入れる、爪先を百八十度開いたイーグルの足技で、上半身を究極的に反《そ》り返らせたクリムキンイーグルのような派手な見せ場はない。

だが難しい技はなくても目は離せない。和馬の演技には、どこか人を惹《ひ》きつけるところがある。

後半に入ると、また曲調がメインテーマに戻る。そして、すぐにジャンプ。三回転と二回転のコンビネーション。

また着氷が乱れ、転倒。

惜しい、と思う間もなく、最後のジャンプ。ショートプログラムなので、跳べるジャンプは三回と決まっている。

こちらは空中で身体が開いて一回転になった。ジャンプの種類は将人にはわからなかったが、これはパンクと呼ばれる失敗だ。

最初のアクセルはともかく、ほかのふたつを失敗しているから、点数は伸びないだろう。将人は溜息を吐く。

怪我から復帰したのは年末だったはずだけど、まだ戻らないものなのか。

その後は大きなミスもなく、二分五十秒の演技時間を無難に滑り切った。会場の拍手は大きい。演技の出来よりも、和馬の復帰を祝う拍手なのだろう。

復帰第一戦はこんなものかな。

将人はメモをデイパックに仕舞うと、ツイッターを開いた。すでにファンのコメントが書きこまれている。

『和馬くん、復帰第一戦。2Aステップアウト、3F2L転倒、最後はルッツがパンクして一回転に。でも、和馬くんらしいダイナミックさは健在。戻って来てくれて嬉しい』

なるほど、コンビネーションはフリップだったのか。それに、最後ルッツなら、そんなに難度は下げていないんだな。

だけど、ジャンプふたつ失敗だと、メダルは無理だな。六位入賞できればいいが。

この後、ふたりおいて、また同じ大学の学生の出番である。次は将人がカメラを撮る番だ。将人は和馬に何を聞こうか考えながら、取材席の方へと向かって行った。

その日の結果は一位、二位、四位、六位を将人の大学の学生が独占し、男子一部で優勝した。関カレは五級以上を第一部、それ以下を第二部とし、上位三名の成績で団体戦の順位が決まる。予想通り圧勝だ。表彰式の様子をカメラに収めるため、ロビーの前の方に陣取る。狭いロビーには表彰式の様子を見ようと、ぎっしり人が詰め掛けている。演技中は原則撮影禁止だが、表彰式は撮影可能なので、ファンもスマートフォンを構えてばしばしシャッターを押している。大学ジャージを着て並んだ学生たちは、皆誇らしそうだ。入賞者六人の集合写真が終わると、将人は同じ大学の四人だけを並ばせた。

「M大サイコー！」

選手たちが嬉しげに唱和したところを、カメラに収めた。

表彰式が終わると、観客の多くはそのまま帰って行くが、ここからが将人たちの出番だ。それぞれ選手をつかまえて、インタビューするのだ。

将人は先に部長の高橋の取材を終わらせる。今日の結果は十位。あれだけジャンプミスした和馬が、それでも六位入賞しているのだから、技術的な差は大きいのだろう。

「今日の出来は五十点くらい。シーズン初めなので、まだプログラムに馴染んでないですね」

高橋はさほど悔しそうな顔でもなく、いつものように愛想よくしゃべってくれる。ほうっておくと、いつまでもしゃべっているタイプだ。

「ありがとうございました」

早々に取材を切り上げると、ロビーの隅でファンにつかまっている和馬の方へと進んだ。ファンは四十代くらいの女性ふたり組だ。

「すみません、きりのいいところで、お話し伺えますか？」

将人が話し掛けると、女性たちは遠慮して「じゃあ、これで」と去って行った。和馬は手に小さな紙袋を持っている。ファンからのプレゼントだろう。

「ここでいいですか？」

「ええ、かまいません」

ロビーでは、ほかにも立ったまま取材を受けている選手がいる。ほかの大学のスポーツ新聞部も活動しているのだ。

「六位入賞、おめでとうございます」

と、まずは決まり文句から始める。和馬は大学一年、二年はこの大会で優勝していたから、本人的には不満な成績だろう、と思った。しかし、意外とさばさばした表情である。

「ありがとうございます。復帰第一戦だったので、もうちょっとジャンプを決めたかったんですが、やはりいまいちでしたね」

「まだ足の方は痛むんですか？」

「まあ、無理すると痛む時はありますが、仕方ないですね」

フィギュアでは、トップ選手になればなるほど、どこかしら身体に痛みを抱えているのだ、と聞いている。練習を続けていると、治るものも治らないだろう。

「ジャンプ以外の部分は以前よりよくなったように思いましたが」

「そうですね。ジャンプの練習ができない分、スケーティングはみっちりやりましたし、スピンも頑張りました」

「身体が前より柔らかくなった気がしますが、いかがでしょう?」

「リハビリの一環でストレッチもかなりやりましたから、それが出ているのかな」

淡々と和馬は答える。スケート連盟の合宿では、メディアの対応の仕方なども教えられるというが、和馬の応対もそつがない。普段はもっとくだけた口調だが、取材の時はちゃんと丁寧な言葉遣いになる。そうした礼儀をわきまえない選手や、大学スポーツ新聞の取材を面倒がる選手もいるから、いつも協力的な和馬は取材しやすい方だと言える。

だが、その分どこかそらぞらしさを感じる時がある。本音を言ってるのかな、と聞きたくなることもあるのだ。俺の引き出し方が下手なのか、それとも、大学スポーツ新聞の取材だからこの程度でいいと思っているのだろうか、と勘繰りたくなる。それで、少し意地悪な問い掛けをしてみる。

「しかし、今年は四年生、就活の方もやらなければならない時期ですが、よく競技に戻って来られましたね」

和馬の頰がぴくりと動いた。

「はい、就活も同時に続けます。親にも、今年度限りと約束しましたから」

就活を甘く見てもらっては困る、と将人は内心思う。自分も四年生、今日はほかの大会の取材が重なって人が足りないから駆り出されているが、徐々に担当を減らしている。もし夏前にどこからも内定がもらえなかったら、スポーツ新聞部はすっぱり引退するつもりだ。

「四年生は引退される方もいますが、いつまで続けようと思われますか?」

「できればインカレ、少なくとも全日本までは必ず」

和馬の口調がやけにきっぱりしていたので、思わず聞き返した。

「まだ本調子ではないようですが、大丈夫ですか? 予選の東京大会まで、あと三ヶ月しかありませんが。就活しながらでは難しいのではありませんか?」

「それは頑張るしかないですね。でもまあ、少しずつ調子も上がっていますし、なんとか間に合わせたいと思います」

「なるほど。近年男子もジャンプのレベルが上がっていますが、そのために何か秘策はありますか?」

「そうですね。今季は四回転に挑戦したいと思っています」

「四回転?」

「ええ。四回転ジャンプはいまの男子フィギュアでは必須ですから。やはり、続ける以上はそこに目標を持っていきたいと思います」

やっぱりアスリートだな、と思う。トップレベルと学生スケーターでは別物だと部外者は考えるが、和馬は決してそうだとは思っていない。自分もトップレベルに連なる存在だと思っているのだ。

「自信はありますか？」

「はい。怪我する前は遊びで練習していましたが、何度か下りてもいますし、できないことじゃない、と思っています」

そう語る和馬の顔は、生き生きしている。怪我の間時々キャンパスで見掛けた時の、どこか無理しているような、貼りついたような笑顔ではない。

「きっと大丈夫ですよ」

思わず、そう口走っていた。

和馬は意外なことを言われたような顔をしている。そんなの無理、と言われると思ったのだろうか。

「できるできないっていうのは、能力以前に自分の思い込みの部分も大きいから。自分で跳べると思えば、きっと跳べる。僕はそう思う」

数年前までは、フィギュアのトップ選手でも四回転を試合で跳ぶ選手は少数派だった。いまはジュニアでも四回転に挑戦する。ここ数年で選手の身体能力が突然変異的に上がったとは思えない。ルールの改正や跳び方の変化の影響もあるが、何よりトップの選手たちがやすやすと四回転を跳ぶのを見て、それに続く選手たちも『四回転はなかなか跳べないジャンプだ』という呪縛が解けたからだ、と思う。

この春の世界選手権で優勝した川瀬光流などは、四回転を三種類入れている。次の全日本では、最終グループに残る選手はみんな一度は四回転に挑むことになるだろう。

「和馬、そろそろいいか？」

部長の高橋が声を掛ける。この後、部員だけで打ち上げに行くのだ。

「はい、もう大丈夫です」

将人は持っていたレコーダーの電源を切った。

「全日本、楽しみにしています。四回転、跳んだら、それを記事にしますから」

「ああ、頼むわ」

和馬は白い歯を見せて笑う。晴れやかなその笑顔がまぶしくて、将人はなんとなく視線を外した。

4

駅に降りた途端、一陣の風が和馬の顔を撫《な》でていった。東京のもわっとした暖気ではなく、高原の風という名前にふさわしい涼やかな風だ。日差しは強いが、湿度が低いので気持ちがよい。

和馬はキャリーバッグをごろごろ転がしながら駅のホームを進んでいく。同じスケート部の仲間三人といっしょだ。

今日から四日間、大学のフィギュアスケート部の合宿だ。基本は現地集合だが、同級生三人と東京駅で待ち合わせして、同じ電車に乗った。ほかの部なら、大学で全員集合してバスや電車で行くのかもしれない。だけど、フィギュアスケート部は体育会といってもゆるい繋がりだ。合宿もほかの部のような締めつけはない。

安い旅館に泊まり込み、朝から晩までスケート三昧。なんとも贅沢な時間だ。柏木コーチのチームも、夏の間二週間ほど長野のリンクを借りて練習する。リンク状況の悪い都会のスケーターにとっては、この合宿はスキルを上げる絶好のチャンスだ。

しかし、中には国内ではなく、わざわざカナダやアメリカのリンクまで練習に行くチームもある。あちらは本場なだけに、リンクの数も多い。ひとつの施設に、ホッケー用とフィギュア用のリンクが両方あるところも少なくない。それに、海外の優秀なコーチの指導を受けたり、現地の有名スケーターといっしょに練習するチャンスもある。

そういうところにも、一度くらい行ってみたかった。

和馬は思う。いま現在、同じ大学の堺省吾もアメリカのコロラドスプリングズに練習に行っている。堺は六月の関カレで優勝した。昨年末の全日本は自己最高の十三位だったし、かなり調子を上げている。同じ四年だが、もう一年大学に残ってフィギュアスケートに専念するつもりのようだ。やれるところまでやりたい、と本人は言っている。

いいなあ、理解のある親は。

和馬は溜息を吐く。フィギュアスケートはただ練習するだけでもお金が掛かる。親の援助なしにはやっていけない。和馬の親は今回の合宿代ひとつでもいい顔をしなかった。一度スケートをやめると言ったこともあり、『いまさらスケートやりたいなんて、就活から逃げているんじゃないの?』などと勘繰っている。

それも当たっているかもしれない。しかし、このまま学生生活が終わってしまえば、こんな風にスケート三昧の生活を送ることはできなくなる。それでは悔いが残るんじゃないか、という気がしたのだ。

自分はスケートをやり切った、と言えるだろうか。怪我もあったけど、思うような選手生活を送って来られなかった。だから、この一年だけでもやり切りたい。光流からの電話が、そのきっかけになった。

「旅館まで、どうする?　タクる?」

改札を出ると、すぐに駅の外に出る。小さな駅で、タクシーは見当たらない。もし乗るのであれば、電話で呼ばなければならない。

旅館は駅から歩いて十五分ほどのところだ。荷物を押していくにはちょっと距離がある。

「男四人でこの大荷物は一台じゃ、無理だろう」

四人ともキャリーバッグを引いている。スケート靴だけでなく着替えも入っているので、そこそこ大きい。トランクに四つ入るかは難しい。

「じゃあ、歩くか。トレーニングにもなるし」

真崎幸治《こうじ》が先頭に立って歩き出す。ほかのメンバーも、仕方なく付いて行く。ゆるい坂道を上るので意外ときついし、照りつける太陽の暑さがじわじわ肌に堪《こた》える。

「しまった、帽子を被《かぶ》って来ればよかった」

黒田がぼやいている。そもそもずっと室内にいるスケート選手たちは、陽《ひ》に当たる時間が短い。みんなそこらへんの女子よりもよほど色白だ。

「今年はOBは誰が来るのかな」

「さあ……。みんな忙しいからな。例年どおり渡辺《わたなべ》先輩は来ると思うけど」

たわいない話をしながら、ゆるい上り坂を歩いて行く。到着したホテルは、外見こそ白亜の洋館のように見せかけているが、中はふつうの旅館だ。部屋も和室である。

和馬たち四人は学年が同じなので、同じ部屋を割り当てられている。荷物を置くと、やることもないので、和馬と真崎はさっそくリンクまで行くことにした。佐脇と黒田はしばらく休憩してから行くという。それぞれマイペースだ。

リンクは歩いて三、四分ほどのところにある。いまは一般滑走中だが、それほど人は多くない。すでに着いている女子たちが練習しているのが見える。

「おお、和馬に幸治、遅いな」

嬉しそうに出迎えたのは、三年前に卒業した渡辺大翔《ひろと》だ。そこそこ有名な企業に勤めているが、フィギュアスケート部の合宿には毎年顔を出す。もともとゆるい繋がりの部なので、そんな風に愛部精神を発揮する人間は珍しい。

「先輩、今年も来たんですか。先輩の会社、よほどヒマなんですね」

「何を言う。おまえら後輩がいつまで経《た》っても頼りないから、俺が忙しい時間を割いてやってきたんじゃないか」

などと軽口を叩くが、結局渡辺先輩はスケートが好きなのだ、と和馬は思う。いまは週に一、二回しか練習できないが、まとめて練習できる機会なので、合宿に来るのだろう。

「それに、今年はゲストも連れて来たぞ。ほら」

渡辺が示す方向を見て、思わず和馬は声を上げた。

「芹沢《せりざわ》先輩！」

芹沢貴史《たかふみ》は助走からジャンプの体勢に入るところだった。跳び上がってすぐに回転に入る。

四回転だ、と和馬は気がついた。

一回転、二回転、三回まわって、四回目の最後、回りきる前に両足が氷に着いた。

「惜しい！」

和馬と真崎が声を出す。それに気づいて、芹沢がこちらの方に近寄ってくる。

「すごいですね。四回転、まだいけますね」

芹沢は昨年卒業した先輩だ。と言っても、年齢は渡辺と同じ。スケートを続けるために、二年留年していた。全日本では最高位六位。卒業後も、アルバイトをしながら試合に挑戦し続けているという噂だった。

「まあな。まだおまえらには負けられねぇ」

「先輩、日に焼けましたね」

芹沢は百六十センチそこそこだが、頭が小さく手足が長い。氷上で見栄えがする。それに、試合でもエキシビションのような個性的な演目を滑るので、トップ争いをする選手ではないが、熱狂的なファンもついていた。

「いまはピザ屋の配達をやってるからな」

ほかにも、引っ越し屋のバイトをしたり、時にはアイスショーの群舞の仕事もしたりしている。実家で親と同居しているが、自分のバイト代でスケートに掛かる費用は賄《まかな》っているらしい。

「で、和馬は怪我は完治したの？」

芹沢が尋ねる。

「はい、もうすっかり」

「でも、よく戻ってきたな。就活もあるし、このままスケートから足を洗うかと思ったよ」

先輩の率直な言い方に和馬は苦笑するばかりだ。そんな風に思う人間がきっと多いのだろう。

「就活も、頑張らなきゃいけないんですけどね」

「真崎はどう？　就活はちゃんとやってる？」

「はい、一応スポーツ用品を販売している会社に、内定をもらいました」

それを聞いて、和馬は思わず「えっ」と、真崎の顔を見た。

「それはよかった。じゃあ、心置きなく練習ができるな」

「はい。最後の学年ですから、悔いのないように頑張ります。今年は、全日本出場を決めますよ」

いつの間に、と和馬は思う。自分はスケートも半端、就活も半端なままなのに。いろいろと自分は出遅れている。

「いいね。和馬も戻ってきたし、今年は全日本の会場で会おう」

「先輩もまだ出るつもりですか？　いい加減、俺らに譲ってくださいよ」

「いやだね。俺が出ないと、全日本も盛り上がらないだろ。ファンもがっかりするし」

屈託ない会話を、真崎と芹沢が続けている。和馬はそこから離れてリンクに入った。

他人は他人、と思っても、もやもやした気持ちが抜けない。リンクをさっと一周すると、いきなり四回転トウループを跳んでみる。

軸が歪《ゆが》んで、四回まわりきらないうちに氷に叩きつけられた。

「おいおい、大技の練習は、もうちょっと足慣らししてからにしろよ」

渡辺がすぐ傍までやってきて、起きようとする和馬に手を差し伸べた。

「すみません。なんか、自分に活を入れたくて」

立ち上がりながら、和馬が言う。

「和馬も四回転、練習しているのか？」

「はい、一応。まだ全然できてないんですが」

「まあ、あんまり無理はすんな。焦ってやりすぎると、また怪我をするぞ」

「だけど、ブロック大会まであと一ヶ月しかないですから。気持ちが焦っちゃって」

ブロック大会というのは、全日本選手権の地方予選だ。全国を東北・北海道、関東、東京、中部、近畿、中四国九州の六ブロックに分け大会を行い、その上位数名が東日本選手権もしくは西日本選手権に進み、さらにその上位成績者が年末の全日本選手権に駒を進める。ただし、選手の中でも前年の全日本選手権の上位三選手はシード権を与えられ、予選を免除される。また、予選の前後一週間に国際大会に出場する選手は、やはり免除される。

「それはわかるけどな。無理に四回転入れなくても、ブロック大会は勝ち抜けるだろう」

「ブロック大会は大丈夫ですけど、全日本を考えるとそうも言ってられませんし」

「俺は、四回転やるより、アクセルの精度を高めた方がいいと思うよ。全日本だって四回転跳べるやつは少数派だし、ヘタに四回転やって失敗するとダメージ大きいし」

「はあ」

渡辺の言うことはもっともだ。柏木コーチも、四回転についてはあまり賛成してはいない。だが、四回転をしないとしたら、怪我する前とあまり変わらない。ジュニアでなく、シニアとして、最後の戦いとして、何か自分で納得するような挑戦がしたい。

それが、自分にとっては四回転なのだ。

「あれ、和馬も四回転、練習してるの？」

芹沢が近くに寄って来た。

「はい。できれば」

「練習してるのはトウループ？」

「ええ、まあ」

ジャンプでもっともやさしいのがトウループ、とされている。なので、ふつうはトウループから練習を始める。

「おまえなら、サルコウでもいいのに」

「サルコウ、ですか？」

「だって、和馬はエッジ系のジャンプの方が得意だろ？」

フィギュアのジャンプはトウ系とエッジ系に分けられる。トウ系はジャンプする時にトウ、つまり爪先で蹴った勢いを利用して跳ぶジャンプのことで、トウループ、ルッツ、フリップの三種類。エッジ系は身体のひねりと回転する時の勢いで跳ぶ。サルコウ、ループ、アクセルの三種類がある。どちらが得意かは選手によって異なるが、トウ系を得意とする選手の方が多い。

「そうでしょうか？」

和馬は自分ではトウ系が得意だとは思っていなかった。アクセルが得意ではないからだ。

「セカンドにつけるのだって、トウループよりループの方が簡単、って言ってたじゃないか。トウループよりサルコウの方がやりやすいんじゃない?」

「そうですね」

確かに、一番最初に三回転が跳べるようになったのは、トウループではなくサルコウの方だ。

サルコウ、やってみようか。

和馬がふと思った時、笛の音がした。フィギュアスケート部の監督の石田孝明《いしだたかあき》先生だ。石田は和馬たちの大学の准教授で、二十数年前のフィギュアの全日本チャンピオンでもある。日本スケート連盟の理事もしている。

「全員集合」

リンクに散らばっていた大学の選手たちが集まる。いつの間にか黒田と佐脇も氷の上にいる。

「みんな、久しぶり」

監督の石田と会うのは、合宿と試合の時くらいだ。むしろ合宿のために存在する、と言ってもいい。

「全員揃《そろ》っているか? 準備運動はすんでるな」

はーい、と選手たちから声が上がる。

「じゃあ、軽く一周しようか」

そう言って、石田が先頭に立って滑り出す。滑りながら上体を大きく上に伸ばしたり、逆に屈伸したり。後ろに続く学生たちはそれを真似している。そして、二、三周リンクを回ると、自分は隅に引っ込み、

「はい、そのまま続けて」

と、にやにやしながら言う。

げ、いきなりかよ。

和馬は心の中で毒づいた。このまま延々リンクを周回するのだ。二周三周ならなんのことはないが、石田は四十周、五十周、多いときは百周と、選手がへばるまで続けさせる。石田は準備運動というが、これだけで一日分の体力を使い果たす気がする。

「はい、背中が曲がらないように。フリーレッグをきれいに伸ばして」

まるでスピードスケートの選手のようだ。

そう言えば、最初に光流と会った時は、こんな風にスピード勝負だったな、と和馬は思い出す。

スケートリンクの近くで生まれ育った和馬にとって、そこは遊び場のひとつだった。物ごころついた時から、姉に連れられてよくリンクに通っていた。商売をしていた両親が、子どもに外をうろうろされるより、リンクで時間を潰してくれた方が安心と思

ったのだろう。だから、いつ滑れるようになったのかは覚えていない。気づいたら、自由にリンクの中を動き回っていた。たまに、リンクに来ているコーチたちに『正式に習わないか』と声を掛けられることもあったが、そのつもりはなかった。小学校に入ってからは少年野球を始めていたし、スケートは和馬にとってあくまでレジャーだったのだ。

だが、その日は右手の人差し指を突き指して、野球の練習を休んでいた。いつもならその程度の怪我でも練習に参加していたが、その日は違った。そもそも突き指した原因が先輩との喧嘩《けんか》だったので、練習に行く気になれなかった。四年生なのにレギュラーに選ばれたことで、和馬は先輩たちに嫉妬されていた。それでささいな口論から、殴り合いの喧嘩になったのだ。喧嘩両成敗だと監督にも叱られ、なおさら不貞腐《ふてくさ》れていた。それでも身体は元気なので、じっとしているのもおもしろくない。それで近所の友だちを誘って、リンクに来たのだった。

一般滑走の時間だから、リンクは混んでいた。ふつうに滑りに来る人だけでなく、大学のホッケー部も滑りの練習をしていたし、真ん中の方ではフィギュアの練習をする子どもたちもいた。

その中に和馬は知った顔を見つけた。つい先月、和馬のクラスに転校してきた川瀬光流だった。光流と数人の子どもたちがコーチらしき人を囲んで、それぞれスピンの練習をしていた。和馬は光流の前に飛び出して行った。

「おまえ、こんなところで何してるの？」

光流はしまった、という顔をしていた。見つかりたくないやつに見つかった、とでも言うような。

クラスにいる時の光流の印象は「色が白くて、おとなしいやつ」。見た目は弱々しい印象だったが、体育の時間に八段ある跳び箱を跳んだことで、みんなに一目置かれるようになっていた。それまで八段が跳べるのはクラスで和馬だけだったのだ。運動神経に自信のある和馬にとっては、警戒すべき相手だ。

「俺、芳樹《よしき》と来てるんだ。おまえもいっしょに遊ばない？」

「僕、先生に練習見てもらっているから」

光流はすげなく断った。それがおもしろくなかった。和馬は光流の傍から離れず、光流の真似を始めた。光流はシットスピンの練習をしていた。立った姿勢のスピンから、脚を曲げて低い姿勢で回るのである。和馬と友人の芳樹もおもしろがってその場で真似をした。芳樹の方はスピン自体ができなかった。和馬は立ったままのスピンはできたが、途中で座ろうとしてバランスを崩し、尻もちをついた。遠心力でお尻をついたまま、なおもくるくる回っている。和馬と芳樹はけたけた笑った。すぐ近くで、光流やほかの生徒たちが困惑しているのが愉快だった。

とうとう光流が和馬たちに、

「ちょっとこっちに来て」

と、隅の方にふたりを連れて行った。光流はまじめな顔で言う。

「悪いんだけど、僕ら遊んでいるわけじゃない。練習してるんだ。来月フィギュアの大会があるんで、わざわざ先生にお願いして時間取ってもらってるんだよ。邪魔しないでくれよ」

「俺ら、別に邪魔なんかしてないよ。リンクは別に誰が滑ってもいいんだろ？」

「そうさ。だけどリンクは広いんだから、もっと離れたところでやってほしいんだ」

おとなしいやつ、と見くびっていた光流に、毅然《きぜん》とした態度で言われたことで腹が立った。

「だったら、俺と勝負しろよ」

和馬はそう切り出した。

「勝負？」

「リンクのまわりを滑るんだ。十周して、速い方が勝ちだ」

リンクには大勢の人間がいて、時計回りと反対の方向に滑っている。人々はだいたい同じくらいのスピードで動いているから、その中で速く滑ろうとしたら、人の間をすり抜けて滑らなければならない。小さい頃からリンクで遊んでいた和馬は、それが得意だった。

「じゃあ、それで僕が勝ったら、邪魔をやめてくれる？」

「ああ、いいよ。だけど、俺が勝ったら、俺たちにつきあえ」

「わかった」

「受けて立つんだな」

「もちろん。僕は氷の上なら誰にも負けない」

そう語る光流の姿は、教室にいる時とは別人だった。堂々として、全身から力が漲《みなぎ》っている。和馬の方が迫力負けしそうだ。

「ふん、やってみなきゃ、わからない」

和馬もこのリンクには馴染みがある。小さい頃からずっと親しんできたし、友だちとスピード勝負して負けたことはない。

「ちょっと待ってて。先生に断ってくるから」

光流はコーチらしき人のところに行って、何か説明をした。コーチは渋い顔をしていたが、光流の言葉に何度かうなずいた。それから、光流が戻ってきた。

「じゃあ、さっさと始めよう。芳樹くんが審判をやってくれるんだね？」

「うん。そこの角からスタート。十周して、先に戻ってきた方が勝ちってことでいいよね」

芳樹に言われて、和馬と光流がリンクの隅に並んだ。

「じゃあ、用意、ドン！」

芳樹の号令でふたりは飛び出した。和馬は内側の方のいいポジションについた、と思った。しかし、最初の数メートルで早くも光流がリードした。焦った和馬が一生懸命足を蹴ってスピードを上げようとしたが、なかなか差が縮められない。一歩二歩、優雅な姿勢で光流は滑っている。その一蹴りが大きい。一蹴りでぐんと前に進む。和馬が一生懸命足を動かしても、それには追いつけない。水泳の飛び込み直後にすぐに手足を動かす選手より、水の流れに身を任せて手足を伸ばしている選手の方が進みが速い、それを思い出す。

それに、人のかわし方も優雅だ。人と人の隙間を、スピードを落とすことなく、泳ぐようにすり抜けて行く。和馬の方は立ち止まったり、ぶつかりそうになってコースを変えたり。自分の動きがいかに無駄が多いかを和馬は知った。一周しないうちに差がついている。焦って足を動かせば動かすほど、光流との差は開いて行く。

七周目にはばててきた。それでも頑張って滑り続けたが、結局周回遅れでゴールインした。自分は息を切らせているのに、光流の呼吸はほとんど変わらない。何ごともなかったような涼しい顔をしている。文句のつけようがなかった。完敗だ。

「おまえ、すげえな」

和馬はぜいぜいしながら言葉を絞り出す。

「どうしてそんなに速く進めるんだ？　一歩で進める距離が、俺と全然違う」

光流はそれを聞いて、ようやく頬をゆるめた。

「スケーティングの練習をやってるからだよ」

「スケーティング？」

「ふつうに滑ることだよ。スケート靴って、どこに体重を乗せるかで滑りが変わるんだ。スピードの出る場所っていうのもあるんだよ。それを自由に操れることが、スケーティングがうまいってことなんだ」

「でも、おまえフィギュアだろ？　スピードスケートじゃないんだろ？」

フィギュアスケートはジャンプしたりくるくる回ったりするものだ、とそれまで和馬は思っていた。スピードなんて関係ないだろう。

「フィギュアスケートだって、スケーティングがうまいやつはスピードが出る。いくらジャンプが跳べたって、スケーティングがうまくなけりゃ意味がない」

「そういうものなのか？」

「そうだよ。テレビで観てるだけじゃわからないかもしれないけど、うまいやつは速い。ジャンプの助走でもスピードが落ちない。僕はそういうスケーターになりたい」

それを聞いた時、なんとなくショックだった。自分らは先のことなど何も考えていないのに、光流は自分の目指すところをちゃんと見据えている、そんな気がしたのだ。

まだ小学四年生なのに。

「じゃあ、僕は練習に戻る。もう邪魔しないでよ」

「うん」

それだけ言うのが精一杯だった。なんだか呆然《ぼうぜん》として、その後は光流が練習する様子を遠くから眺めていた。いっしょに来た芳樹は、退屈して先に帰ってしまった。それでも、和馬は光流から目が離せなかった。

光流は二回転のジャンプが跳べて、三回転に挑戦しているところだった。ジャンプはどうやら一種類ではなく、右足で踏み切ったり、左足で踏み切ったり、反対の足で氷を蹴ったり蹴らなかったりしている。和馬も、隅の方でジャンプの練習をしてみた。一番簡単そうな、左足で蹴って右足で踏み切るというジャンプだ。一回転なら難なくできた。二回転は難しい。身体のバランスが崩れて氷に叩きつけられた。それでも懲りずに挑戦してみる。今度は転ばなかったが、二回まわることはできなかった。そうやって何回か夢中になって跳んでいると、後ろから声がした。

「回転軸を作らなきゃダメだよ」

いつの間にか、光流が近くにいた。

「回転軸って?」

「ほら、独楽《こま》がまわる時、真ん中の軸を中心にまわるだろ？　それと同じで自分の身体の真ん中にも独楽の軸があると想像するんだ。そこを中心に身体がまわるんだと意識すると、うまくいくよ」

「ほんとに？　そんなことで？」

「うん」

そうして光流が実際に跳んでみせた。少し離れたところから、滑らかなスケーティングで近づいてきて、和馬の目の前で踏み切った。ふわっと身体が斜めに上がって、すぐに身体がまわり出す。

確かに、独楽の軸だ。

紐《ひも》が巻きつけられた独楽が投げられ、地面にぶつかって跳び上がるさまを想像した。重いスケート靴を履いてるのに、光流は軽々と跳ぶ。独楽のように。

氷の上では、光流は自由だ。

その時、なぜか和馬は思ったのだ。

俺も、氷の上で自由になりたい、と。

「はい、女子はここまで。男子連中、もうちょっと頑張れ」

それを聞いて、和馬はほっとした。今日は百周まではやらないつもりらしい。まあ、初日だもんな。

　気がつくと、自分が先頭に立っていた。

　ああ、前よりスケーティングは上達したんだな。

　あれだけ練習したんだから、当然か。

　怪我から復帰して、最初の二ヶ月はジャンプをやらせてもらえなかった。特に最初のひと月はずっとコンパルソリーばかりだった。こんな地味なことばかりやらなきゃいけないなら、戻るんじゃなかった、と後悔したほどだ。コンパルソリーの後はステップの練習。やっぱり地道にコツコツやる練習ばかり。自分でも、よく我慢できたと思う。

　でも、戻った以上は耐えなきゃいけない。光流にも全日本で会おうと言った以上、練習が辛いからと、やめるわけにはいかない。

　ただ、時折、こんなことやっていて、全日本、いやブロック大会に間に合うだろうか、という疑いが頭を掠《かす》めた。しかし、柏木コーチは「焦るな。ちゃんと段階を踏めば大丈夫だ」と言い続けた。それを信じるしかない。

　少なくとも東京西部では、柏木コーチ以上の人はいない。光流も、柏木コーチの教えを乞うために、小学四年の時にわざわざ千葉から引っ越してきたくらいだ。自分はたまたま家の近くにリンクがあって、そこで最初に出会ったのが柏木コーチだったというのは、ほんとうにラッキーなことだった。

「はい、男子もストップ。三分休憩していいぞ」

石田監督の声がリンクに響く。和馬は両膝に手を付いて、息を整える。汗がだらだら流れている。

やはり、体力はまだ完全じゃないか。

「伏見くん、使う?」

声がしたので、顔を上げると、同じ学年の鍋島佳澄がスポーツタオルを持って立っている。

「え、だけど、おまえのだろ?」

「私は、もう一枚あるから」

自分もあるからいい、と言おうとしたが、佳澄の顔を見て、言葉を呑《の》みこんだ。

彼女は勇気を奮って声を掛けてきたのだろう。頬が紅潮して、泣きそうな目をしている。

「ありがと」

和馬は受け取って、それで汗を拭いた。スポーツタオルはブランドものの柄だ。安くはないだろう。

「あとで洗濯して返すよ」

「いえ、差し上げます」

それだけ言うと、佳澄は逃げるようにほかの女子のところに滑って行く。女子たちは、よくやった、というように佳澄を囲んで騒いでいる。

なんだ、この青春ドラマみたいな展開は。

和馬はあっけにとられていた。

あいつは俺に気がある、ってこと？

鍋島佳澄のことは、あまり気に留めたことはなかった。この大学では珍しく、スケート経験がまったくないのに部に入ってきた子だ。まわりの女子たちはみな七級を持っているので、ひとりだけ浮いている。すぐにやめるかと思ったが、あきらめずに続けている。合宿も毎年顔を出していた。女子には珍しい、マイペースなやつ、と感心してはいたが。

だけど、なんでいまになって？

いままでだって、チャンスはあっただろうに。

その疑問は、すぐに解けた。

その晩、同室の黒田に言われたのだ。ほかのふたりは大浴場の方に行って、部屋にはふたりしかいなかった。

「おまえ、今日鍋島にスポーツタオル渡されただろ?」

「え、見てたのか?」

ほんの一瞬のことだった。ほかの男子はまわりにいなかったので、気づかれていないと思っていたのだが。

「あれ、罰ゲームだったんだよ」

「罰ゲーム?」

「行きの電車で女子はトランプをやってたんだ。それで、負けたやつが告白するって」

「ああ、そういうことか」

黒田は女子と仲がいい。そういう情報もすぐにキャッチする。

「で、おまえ、どうするつもりだ?」

「どうするって、ほんとに告られたわけじゃないし……」

とは言え、告白されたも同然だ。

「鍋島はいい子だよ。うるさい女子たちも珍しく褒めている。だから、あんまり無下《むげ》にはするなよ」

それだけ言うと、

「俺も風呂に行ってくるわ」

黒田は洗面用具を持って、部屋の外に行ってしまった。

と言われてもなあ。

和馬はポケットからスマートフォンを出す。ＬＩＮＥに受信がある。

麻耶だ。

『合宿初日、どうだった？ そっちはきっと涼しいよね。今日の東京は三十五度。暑くて死にそう』

たわいのないメール。

麻耶とは最近いい感じになっている。ふたりで何度かデートもした。最初のきっかけは、麻耶がアイスショーに行きたいと言ったことだった。人気選手が出るので、なかなかチケットが取れない、と言うのだ。和馬は関係者に知り合いがいたので、チケットを二枚入手した。そのかわり、ショーの裏方として出演者の誘導や幕の開閉を手伝うことになったけど。それが五月のことだった。以来よくメールしたり、就活や練習の合間にふたりで出掛けたりするようになった。

そろそろこっちと友だち以上の関係になろうって思っているんだけどな。

和馬は溜息を吐く。

鍋島佳澄はいい子だ。それはわかっている。まわりができるやつばかりの中で、卑屈にならず、淡々と努力を重ねてきた。それだけでもエライと思うが、自分が出ない試合の時も雑用を買って出て、みんなの分の電車のチケットを手配したり、宿を押さえたりしてくれる。ほんとに、いいやつなのだ。

顔だって悪くない。目立つ美人というのではないが、色白で、笑窪が印象的で、おっとりした雰囲気を醸し出す。気の強いスケート女子にはなかなかいないタイプだ。

麻耶のことがなければ、まっすぐそっちに行くかもしれないんだけど。

和馬はスマートフォンの、麻耶の写真を起ち上げる。

目鼻立ちのはっきりした、眼鏡美人。

クールで知的で、佳澄とは正反対のタイプだ。

いまは、こっちの方に向いてるんだよな。

だけど……どうやって、傷つけずに断ればいいのかな。同じ部だから、あまり気まずくはなりたくないし。

気づかないふりするしかないかなあ。

でも、うじうじ考えても仕方ない。風呂にでも行くか。

着替えを持って、部屋を出たところで、佳澄とばったり会った。佳澄は浴衣を着て、小さな手提げを持っている。大浴場に行くところなのだろう。

「あ、伏見くんもお風呂？」

「あ、ああ」

ふたりは大浴場に向かって歩き出す。

いつもと違う浴衣姿。それに、昼間のことがあって、妙にどぎまぎしている。佳澄の方も、照れくさいのか、うつむいている。その白いうなじが目に入って、和馬はさらにどぎまぎする。

沈黙が続いた。古い宿は建て増しを重ねており、部屋から大浴場のある場所までは、結構な距離がある。スリッパのぺたぺたという足音だけが響いている。

このまま気まずい感じが続くのかな。ちょっと耐えられないな。忘れ物した、って部屋に戻ろうか。

「あの」

と、ふたりは同時に言葉を発した。

「あ、いや、なに?」

和馬が言うと、佳澄は立ち止まり、顔を上げた。

「昼間のこと、ごめんね。みんなが、伏見くんにタオル渡せって言うから……。大学四年だから、もうあまりいっしょに練習できるチャンスはないからって。私の気持ちを知って、みんなで後押ししようとしてくれてるの。でも、いきなりで驚いたでしょう? 迷惑だったかな」

和馬はちょっと驚いた。そんなふうにはっきり切り出されるとは思わなかった。見掛けによらず、腹が据わっている。いや、そうでなければ、この部を続けることはできないか。

「迷惑じゃない、嬉しかったよ。鍋島はいいやつだし。……もうちょっと早ければ、と思う」

「もうちょっと早ければ？」

「俺、いま好きな子がいる。つきあい始めたところなんだ」

和馬の言葉を嚙《か》みしめるように、しばらく佳澄は沈黙していたが、

「そうだったの。残念だな」

しかし、口調は明るく、そんなにたいしたことでないかのように言う。

「私、タイミングが悪いんだよね、いつも。でも、気にしないでね。ヘンに気遣われたら、逆にみじめになるから」

「あ、ああ」

佳澄は笑顔だが、泣きそうな目をしている。

「でも、ごめん、ちょっと部屋に戻る」

そう言うと、きびすを返して小走りで去って行った。

残された和馬は自己嫌悪に陥った。

やっぱり傷つけちまった。もっとうまい言い方すればよかったかな。

だけど、あいつが正直に話しているのに、ごまかす方が不誠実だよな。

くっそー。

どう言ったって、断るんだから、おんなじだよな。

だけど、明日からちょっと気まずい。合宿はあと二日だけど、乗り切れるかな。うるさい女子たちにも監視されてるだろうし。針のむしろだな。

和馬は溜息を吐く。

明日からどんな顔で佳澄と会えばいいのかな。すげえ、めんどうだわ。

ぺたぺたスリッパを鳴らしながら、和馬は憂鬱な気持ちで長い廊下を歩いて行った。


「そろそろ行かないと、集合時間に遅れるぞ」

黒田に促されて、和馬はようやく腰を上げた。スケート靴と上着の入ったスポーツバッグが、ずっしり肩に重い。なるべく遅く行って、佳澄と会わないようにしたい。

そう思ったが、リンクについて早々、佳澄とばったり顔を合わせた。

「おはよう」

まるで何事もなかったかのように、さわやかな笑顔で言われた。

「おはよう」

かえって、こっちがどぎまぎする。挨拶して、そのままリンクの奥へ遠ざかって行く佳澄の後ろ姿を、和馬は立ち止まって眺めた。

「おい、どうした？　昨日のあれで、おまえも彼女を意識し始めたってか？」

黒田がからかい口調で言う。

「そんなんじゃねえよ」

邪険に言い捨てたが、それは当たっている。自分が傷つけた女を、意識しないはずないだろう。

その後も、なんとなく彼女の存在を振り払うことができない。傍にいなくても、彼女のいる方をぼんやり意識している。

それで、ステップの練習中、何度も間違えた。ひとりだけ別のステップを踏んで、監督に怒られる。

「伏見、ぼんやりしてるんじゃない。まだ寝ぼけているのか」

くすくすと女子の笑い声がする。その中に佳澄もいるのだろうか。振り向いて確かめたいという衝動を、和馬はなんとか押し殺した。

せっかくの合宿なのに、こんなんじゃダメだ。

そう思った和馬は、ジャンプの自由練習の時間、ＯＢの芹沢のところに近寄って行った。

「先輩、俺、四回転の練習したいんですけど、見てもらえますか？」

芹沢は学生時代、ずっと連盟の強化選手に選ばれており、国際試合にも何度も出場している。なかなか成功しなかったが、四回転を試合のプログラムに入れることもあった。

「ああ、いいよ。やってみろよ」

芹沢に言われて、和馬は助走の体勢に入る。そして、芹沢の目の前で左足のトウを突き、右足で踏み切った。トウループだ。

一回転、二回転、三回転……。

軸が歪むのが自分でもわかる。四回転まわりきらないうちに、氷に叩きつけられた。

「もう一度」

芹沢に言われて、もう一度、助走からやり直す。

今度は空中で回転が開いて……いわゆるパンクというやつだ……一回まわっただけで下に落ちた。

「じゃあ、今度は一回転からやってみろ」

そう言われて、一回転を跳んでみる。簡単だ。

「次二回転」

これも難なくこなすことができる。

「三回転」

これもきれいに決められる。

「四回転」

ここでやっぱりダメになる。四回転まわりきらないうちに、氷に落ちてしまう。三回転と四回転では、必要とされる身体の締める力とか回転の速さとかが全然違ってくる。

「やっぱ、おまえ、トウループよりサルコウの方がいいんじゃね？　トウループはなんというか、回転に入るまでのスピードがいまいちっていうか……。三回転までなら、高くてきれいなジャンプなんだけどね」

「サルコウですか……」

昨日も芹沢が言っていた。実際、トウを突く時、怪我をした左足に鈍い痛みを感じるので、妙に力が入る感じがする。その点、サルコウはトウを突くという動作がないので、気持ちは楽だ。

「ちょっと、試してみ」

芹沢に言われて、今度はサルコウで跳んでみる。バックのままスピードを上げて思い切って高く跳び上がり、回転する。

四回転、まわれた？　と自分で思ったが、着地で踏ん張りきれず、したたかに転んだ。

「ほら、やっぱりこっちの方がいいんじゃないか？　サルコウの方が、回転の入りが速いから、おまえには向いている」

サルコウは滑走しながらカーブを描き、そのまま回転動作に入る。跳び上がった段階で、すでに半回転くらいまわっている感じだ。

「ありがとうございます。こっちでやってみます」

それから、サルコウを何度か跳んでみる。最初に跳んだ一回目が一番よく、その後は何度か失敗が続いた。派手に転んで、氷に叩きつけられると、やっぱり痛い。

四回、五回と跳んで六回目。四回転きっちりまわって着氷した。勢いあまってステップアウトし、両足着氷になったけど、成功と言っていいだろう。

やった！

と思ったら、ぱちぱちと拍手の音が聞こえた。顔を上げると、部のみんなが自分の方を向いている。拍手しているのはリンクサイドにいる女子たちだ。嬉しそうな佳澄の顔も見える。みんながこっちに注目していたとは気づかなかった。ちょっと照れくさい。

「よし、いまの感覚を忘れるなよ」

芹沢の声だ。

「おまえはやっぱり器用だな。この調子で練習すれば、試合にも入れられそうじゃないか」

「はあ」

試合の演目として入れるなら、成功率は七割とか八割くらいには高めなければならない。あとひと月ちょっとでそこまでできるだろうか。まあ、できるところまで、やるしかないけれど。

「俺も、今年こそ」

そう言って、芹沢がバックで和馬から遠ざかり、そして再び近づいて、和馬の目の前で高く踏み切った。

「わあ」

歓声が上がる。四回転トウループだ。

着地もきれいに決めると、観客たちは再び拍手をする。和馬に対する以上の大きな拍手だ。芹沢は観客に向かってガッツポーズをしてみせる。女子たちが「芹沢先輩素敵！」とか「かっこいい！」と叫んでいる。インカレの時のノリそのままだ。

まったく、この人は……。

芹沢は目立つのが好きだ。試合以上にエキシビションに力を入れるようなところがある。一度など、エキシビで怪物の被り物をして登場したことがある。それで「美女と野獣」の野獣を演じて、万雷の喝采を浴びた。今日も、和馬以上に目立ちたい、そういう意識が働いたのだろう。

それにしても、試合ではなかなか決まらないのに、こういう時はばっちりなんだな。女子の拍手がまだ続いている。佳澄もみんなといっしょに大きな動作で拍手をしている。

なんとなくおもしろくなくて、和馬もジャンプの体勢に入る。

芹沢の前で踏み切る。四回転サルコウだ。

高く上がって、今度はまわりきった、と思ったが、やっぱり着地がうまくいかず、ぶざまに尻もちをついた。

「あんまり無理すんな。ちゃんと回転は足りているから、そのうちできるようになるって」

芹沢に言われたが、やはりうまくいかないのが悔しい。もう一度ジャンプの体勢に入る。芹沢のやれやれというような顔が目に入る。跳び上がる瞬間、正面の位置にあるものを目に留める。回転を確認するためだ。

そこにはちょうど佳澄がいた。息を詰めるようにして、こちらを向いている。

一回転、二回転……。

あと半回転というところで、さらに身体を締めた。

再び佳澄の顔が目に入ったところで着地した。勢いがついて倒れそうになったが、身体の中心に力を入れ、ぐっと堪えてみせる。

「いいね！　ちゃんとまわりきった。これなら、加点がつくぜ」

芹沢がぱちぱちと拍手しながら言う。

「やったな」

黒田たちが駆け寄ってくる。和馬はちらりとリンク外に目をやった。佳澄が嬉しそうに拍手しているのが目に入る。得意な気持ちになって、和馬は鼻の下を右手でこすった。拍手はしばらく鳴りやまなかった。

5

男子の方は、ブロック大会なんてやらなくてもいいんじゃねえの。

毎年思うことを、取材に来た将人は今年も思っている。

ノービスとジュニアとシニアの試合をいっぺんにやるのはたいへんだし、やらなくていいものはやめればいいのに。

ブロック大会というのは、全日本選手権のための一次予選みたいなものだ。全国を六ブロックに分け、それぞれの上位入賞者が次の東日本もしくは西日本選手権に進む……という建前になっているが、実のところ、男子シニアの選手は、ブロック大会で落ちるということはありえない。ブロック大会の出場資格は七級以上だが、男子で七級を持っている選手がもともと少ないのだ。ほかの地区より選手の多い東京大会でさえも、男子の出場選手はせいぜい十四、五人。そして、この東京ブロックから東日本に進めるのは今年は十九人。そのうち二枠はシード選手と海外の試合と被っていて出場を免除されている選手で埋まっているが、それでも枠は余る。だから、ブロック大会に出場さえすれば、全員東日本選手権にも進めるのだ。男子ジュニアはもっとゆるい。東日本に進めるのが十二人の枠のところに、出場選手はたったの六人なのだ。

一方、女子のシニアは五人くらいは落ちる。何より激戦なのはジュニア女子。予選通過者十四人のところに、六十人以上の参加者がある。

結局、七級の資格を取って、大学までスケートを続けるという選手は少ないのだろう。特に男子はもともとフィギュアをやる選手が少ないうえに、学業との両立が難しいから、受験などを機にやめてしまうのだ。

しかし、その時期を耐えて、大学まで続けられれば、男子なら全日本選手権に出場することは夢ではない。野球やサッカーや水泳など、競技人口の多いスポーツでは考えられないことだ。

よくこんな少ない競技人口の中から、世界選手権優勝者とかが出てくるもんだな。将人はいつも感心する。練習する場所を確保するだけでもたいへんなスポーツなのに、この春の世界選手権の男子シングルで優勝したのも、日本人だった。

川瀬光流。

確か、俺らと同じ学年だっけ。細身で優しげな顔をしているのに、とんでもなくタフな選手だった。四回転を何度成功させたんだっけ？

来年の五輪の優勝候補。新聞ではそう書かれている。

日本にはもうひとり、絶対王者・神代琢也がいる。彼も過去に世界選手権で優勝している。ひとりだけならたまたま天才が現れた、ということもあるかもしれないが、日本男子は次々世界的な選手が出てきている。それが不思議だ。リンク環境にしろ、指導するシステムにしろ、ロシアやカナダ、アメリカの方が圧倒的に恵まれているのに。

骨格の問題なのか、筋力の違いなのか、ジャンプはアジア系の方が向いているらしい。現在男子のトップ選手、その中でも四回転ジャンパーは圧倒的にアジア系が多い。それに、地道にコツコツ練習をこなすという点でも、アジア系とくに真面目な日本人には向いているのだという。資質が環境を凌駕《りょうが》するということか。日本人の忍耐強さが、この競技では何よりの強みなのか。

根性論って、俺はあまり好きじゃないんだけどな。ほかのスポーツは科学的なアプローチを取り入れてどんどん進化しているのに、フィギュアは練習量の多さが強さとイコールなのだろうか。

目の前を、六分間練習の選手が通り過ぎて行く。

まあ、ともかく、これを取材に来られてよかった。まだ面接が残っているところもあるけれど、ともかくひとつ内定は取っている。これから先受けるところは、あこがれの会社ってとこだから、ダメもとでやれるだけのことをやるだけ。

「一応OBだから、芹沢さんについても押さえておいて」

カメラを構えている後輩に、将人は注意を促す。後輩はにこりともせず「はい」と言う。緊張しているのだろう。

まさか卒業しても、芹沢先輩が大会に出てくるとは思わなかった。ショーとか出ているというから、もはやプロと言ってもいいと思うのだが。まあ、トップ選手はみなショーに出ているし、アマとプロの差っていうのが、フィギュアではよくわからないけどな。

しかし、芹沢さんもよくやるなあ。フィギュアだけで食べていくのはたいへんなのに。うちの大学出たんだから、ちゃんと勤めようと思えば、どこか就職口はあるだろうに。

芹沢の姿を追う。

練習が足りないのか、ジャンプを失敗して派手に転倒している。

さすがに、ＯＢでは勝つのは難しい。体力的にピークを過ぎているし、バイトとの掛け持ちではスケートにもなかなか集中できないだろう。この大会で優勝するのは、うちの現役の誰かに違いない。

この夏、アメリカのスケートキャンプで磨きを掛けた堺省吾か、勝負強い真崎幸治か。

ふと目の前を見慣れた選手の姿が横切る。

あるいは、怪我から復帰した伏見和馬か。

和馬はバッククロスでリンクを優雅に横切っている。

ポテンシャルで言えば、和馬が一番だと思うけど、どれくらい復調したか、だなあ。関カレでもあまりぱっとしなかったからな。

和馬がジャンプを跳ぶ。種類はわからないが、三回転の連続ジャンプだ。

ほお、調子いいじゃないか。

和馬ー。

会場から歓声が起こる。観客席の一画に、大学の旗やバナーを持った学生たちが陣取っている。今日のリンクは関カレより客席が広い。三百六十度座席が取り巻いている。客の入りもいい。ほぼ満席だ。この後の女子フリーでは、全日本の上位グループに入る選手も登場するから、そちらが目当てなのだろう。

あちこちに、有名選手のバナーが掛かっている。ここ三年、続けて見てるので、フィギュアには興味のなかった将人でも、さすがに名前を覚えている選手もいる。

しかし、三輪怜奈《みわれいな》がショート最下位だったのには驚いたな。

三輪は、ジュニア時代に美少女スケーターとして注目された選手である。将人と同じ年だから、現在は大学四年のはずだ。中学三年の時、全日本ジュニアで優勝し、次世代のスター候補としてマスコミにも頻繁に取り上げられていた。だが、高校二年になった頃から成長期で身体が大きくなり、ジャンプが決まりにくくなった。競争の激しい女子の場合は一度不調に陥ると、たちまちほかの選手たちに抜かされてしまう。結局、それ以降はぱっとした成績は残せず、全日本でも下位グループに低迷している。

昨日のショートではジャンプが三つとも決まらず、出場選手二十三人中二十三位。女子は男子と違って下位選手は東日本選手権に進めない。このままでは、三輪は予選落ちするだろう。

終わった瞬間の、三輪のがっかりした表情、悔し涙を拭う姿は、将人の目にも焼きついている。かつての三輪は、妖精のように華奢《きゃしゃ》な身体つきだった。いまは二十歳を越えた女性相応に胸もあり、全体に丸みを帯びている。ふつうに見れば、女性としての魅力は増した。だが、妖精から人間に戻ったように、演技にはかつての軽やかさはない。妖精の力を失った少女は、地上の重力に引っ張られて、跳ぶことができない。

フィギュアは残酷な競技だな、と思う。人として当然の成熟が、競技を続けるうえではマイナスになるんだから。

まあ、その点男子はいいな。確かに、軽い方がジャンプにはいい面もあるけど、四回転跳ぶのに必要な体幹とか筋力の強さは、ある程度年を取ってからついてくる。それに、女子ほど競争が激しくはないから、怪我して一年休んでもまた戻って来られる。OBの芹沢先輩だって、このまま東日本選手権までは出場を約束されているのだ。

六分間練習が終わった。一番滑走の和馬を残して、選手たちはリンクからいったん上がる。

和馬は隅の方でコーチと何か話をしている。

『七番、伏見和馬さん、M大学』

和馬の名前がコールされると、観客席のあちこちから歓声が上がる。

「和馬、がんば！」

「和馬ー、ファイトおぉぉぉ」

黄色い歓声に交じって、野太い声の応援も聞こえてくる。大学の仲間だろうか。

和馬がリンクの中央に構えた。何かに閉じ込められたかのように、両手を広げて顔の上あたりの壁を押すような仕草だ。なかなか独創的なスタイルだ。

今年の和馬のフリーはシューベルトの『未完成交響曲』。

クラシックの中ではわりと知られた曲だが、スケートではあまり使われない曲だと思う。フィギュアスケートでは、好んで選手に使われる曲がある。緩急があり、滑りやすいテンポの曲はおのずと決まってくるし、有名な曲の方が観客のノリもいい。『ロミオとジュリエット』や『オペラ座の怪人』は、どの試合でも必ずひとりは使う、といっていいほどだ。ほかにも『白鳥の湖』や『リバーダンス』などが定番だ。

おんなじような曲ばっかりじゃつまらないよな。ジャッジも退屈するだろうし。

だが、曲が同じでも、振付はひとつとして同じものはない。毎回選手は自分に合ったプログラムをコーチや振付師と共に作っていくらしい。

もったいないな、と将人は思う。振付をしてもらうためにはお金が掛かる。自分のコーチに頼むなら数万円ですむところだが、専門の振付師であれば何十万も掛かるらしい。トップ選手になると、わざわざ海外から有名な振付師を呼び寄せたりすることもあるが、そうなると交通費滞在費全部込みだから、百万単位の支払いになるだろう。

それくらいなら、同じチームでプログラムを使い回したりすればいいのに、と思う。選手の技術によって跳べるジャンプなどは変わってくるだろうけど、そこは適当にアレンジすればいい。低い級の選手なら、それで十分じゃないだろうか。もっとも、有名な選手の有名なプログラムだったりすると、その選手のイメージに引き摺《ず》られるから、後で滑る方は不利かもしれないが。

だが、『未完成交響曲』は微妙な選曲だな。スケートの曲にしては、メロディーラインが複雑だ。和馬の場合、ショートで滑る『ラ・マンチャの男』みたいな、はっきりした曲が似合う。いままではクラシックを滑っても、そういう選曲をしてきたと思うのだが。

イントロが流れてくる。クラシックの堂々たる演奏だ。メロディーに合わせて動き出す。そして、すぐに最初のジャンプを跳ぶ。

これはサルコウかな。高く跳んで、派手に転んだ。

あれ？　三回転三回転を失敗したんだろうか？

プログラムの中で一番難しいジャンプは最初に跳ぶ。まだ足が疲れていないうちに、難しいことを済ませておくのだ、ということは将人でも知っていた。後半に難しいジャンプを跳ぶと、基礎点の一・一倍のポイントになるから、トップ選手になると後半に四回転やアクセルのコンビネーションジャンプを入れてくることが多い。だが、学生スケーターでそこまでできる選手は滅多にいない。

和馬はすぐに起き上がって、ステップに移った。

ジャンプに失敗すると、体力が消耗するのだという。そのせいか、もうひとつ和馬の動きが冴《さ》えない。もしかして、転んだ時にどこか痛めたのかもしれない。

その次のジャンプも失敗し、後半にも三回転の予定が二回転になった。クラシックの繊細な曲なので、ちょっとした綻びで演技が雑に見える。みんながよく知っている映画音楽やポップスの方が盛り上がるし、メロディーラインやテーマもはっきりしているから、表現することも伝わりやすい。たぶん、クラシックでうまく滑る方が難しいのだろう。

これは、もうちょっと滑り込まないとダメだよな。

演技が終わった後、和馬もがっかりした様子だった。やはり、出来が悪いと感じているのだろう。

その後も演技は続く。

堺や真崎といった有力選手は予想どおりの好成績だったし、ＯＢの芹沢も意外と健闘していた。ミスをした和馬よりも得点が上回った。それに、観客の熱狂はこの日いちばんだった。もともと学生の頃からファンが多かったし、長く滑っている分、多くの観客に親しまれている。演技の出来以上に、卒業しても大会に戻ってきた勇気と努力を観客は称えている。

今日の主役は芹沢先輩だな。インタビューもやっぱり押さえなきゃ、だな。

将人はツイッターを開く。東京大会についての書き込みを見るためだ。会場にいるファンが、今日の演技についていろいろ感想を述べている。中には、自分より知識も理解力もあるファンもいる。

『伏見和馬くん、冒頭4Sに挑戦、失敗。高さがなく、軸が曲がっていて回転しきれず』

えっ、四回転挑戦していたんだ。

そう言えば、関カレのインタビューで四回転やりたい、って言ってたっけ。

さらに、将人はツイッターをチェックする。

『和馬くんのフリーはシューベルトの「未完成交響曲」。今季の川瀬光流のフリーといっしょ。こんな珍しい曲でも被ることがあるんだね。驚き』

えっ、ほんとに？

将人はネットで川瀬のことを調べる。

「川瀬光流　フリー　曲」

と、入れて検索すると、すぐに多くの情報がヒットした。

「川瀬光流が、公開練習で新プログラムを披露。五輪シーズンはシューベルトの『未完成交響曲』で挑む」

大手新聞のサイトにも出ているから間違いないだろう。

わざわざ和馬がこんな曲を選ぶのは、自分のオリジナリティを印象づけたいからだろう。

それがよりによって日本を代表するトップ選手と被ってしまうなんて。

和馬もついてないな。今季でこの曲と言えば、みんな川瀬光流の滑りをイメージしてしまう。川瀬よりうまく表現できればいいけど……難しいだろうな。

川瀬はジャンプもさることながら、曲の解釈や表現にも定評がある。クラシックの曲は得意だ。ダイナミックさが売りの和馬より、はるかにうまく滑りそうだ。

その辺、和馬はどう思ってるのかな。今日のインタビューでは、それを聞かなきゃいけないな。

「この曲を選んだ理由？」

それを聞くと、和馬は笑みを浮かべた。インタビューされる人間は、聞いてほしい質問が来ると表情をゆるめたり、目の輝きが強くなったりする。聞かれたから答えるというだけでなく、本人がこれをしゃべりたいということもあるのだ。和馬にとって、これはしゃべりたいことだったのだろう。演技の後の囲み取材だが、聞いているのは自分とフィギュア雑誌の記者がひとりだけ。関カレも取材していた、山口《やまぐち》という女性記者だ。

「今シーズンは、学生最後の年になると思うし、その後は続けられるかどうかわからないから、特別な曲をやりたいと思っていました。この曲は、柏木コーチが現役最後の時に滑っていた曲なんです。だけど、先生は大学四年のシーズンに怪我をして、最後の全日本で滑ることができなかったんです。だから、僕が代わりに……というわけでもないのですが、先生の分まで全日本で滑ることができたら、と思ったんです」

意外な答えだった。ふだんの和馬からは想像できない、情にあふれる行動だ。

でも、それで納得した。わざわざ苦手なタイプの曲を、最後のシーズンに選んだ理由を。実に記事にしやすいコメントだ。

「そうだったんですか。じゃあ、コーチも喜ばれたでしょうね」

記者が続けて質問する。

「ええ、でも、ほんとに大丈夫か、と念を押されましたけど」

「というと？」

「いままでこういう曲はやってこなかったので。どちらかというと、クラシックの落ち着いた曲は苦手でしたから。でも、それも挑戦かな、と思っています」

和馬にも苦手なタイプの曲だという自覚はあるらしい。

「振付はどうされたのですか？　それも、昔のまま？」

「ほんとなら、そのまま滑りたかったのですが、いまとは採点方法が違っていますし、要求されるスキルも全然違います。先生自身は四回転を入れてませんでしたし。だから昔のプログラムをベースにして、先生と話し合いながら、いまの滑りに変えていま す。でも、最初と最後のポーズとか、途中のマイムっぽい動きは、先生のやり方をそのまま踏襲しました」

「コーチの昔の演技は見たことがあるんですか？」

さすがにプロの記者だ、と隣で将人はメモを取りながら感心する。よくも次から次へと質問が思い浮かぶものだ。

「ええ、幸いブロック大会に出た時の演技のテープがありましたから。ご家族が試合の映像を撮っていらしたんです」

「それで、実際試合で滑ってみていかがでしたか？」

「そうですね。緩急のつけ方が難しいし、うまく音が取れていないところがあって……。スケーティングで見せるプログラムなので、まだまだ滑り込まなきゃ、と思いました」

「ところで、今シーズン、川瀬光流選手もこの曲で滑りますよね。それについては、どう思われますか？」

それまで質問を続けていた記者に替わって、今度は将人の方が質問した。

それを聞いた瞬間、それまで上機嫌だった和馬の顔がみるみる強張《こわば》っていく。

「それ、ほんとですか？」

動揺したのか、和馬は持っていたタオルを落としている。将人はそれを拾って和馬に渡しながら答える。

「はい。先日の公開練習で披露したそうですよ。今シーズンのフリーはこの曲で五輪を狙うそうです」

年が明けると冬季オリンピックだ。川瀬レベルの選手には勝負の年である。それに滑る曲ということであれば、相当自信を持っての選曲なのだろう。

確かに、クラシックを得意とする川瀬であれば、この曲も感動的に滑ってみせるかもしれない。

「そうだったんだ……。それで、光流いや川瀬選手はどうしてこれを選曲したと言ってるんですか？」

逆に質問された。だが、こっちもネットで読んだだけなので、そこまで詳しくない。

「いいえ、とくにその辺には触れていなかったような。そのうち、スケート雑誌か何かのインタビューでは出てくるんじゃないですか？」

「それはそうですね」

和馬はむっとした顔をしている。それからは、何を聞いても話が膨らまない。よほど曲被りの件がショックだったのだろう。

そんなに気にする必要はあるのだろうか。曲が誰かと被るなんて、よくある話だ。ある年など、世界選手権の男子フリーで四人も五人も『オペラ座の怪人』を滑った、ってこともあったっけ。和馬が川瀬光流と同じ舞台に立てるのは、おそらく全日本だけ。それも、和馬が東日本を勝ち進めば、という条件つきだ。

今大会の和馬は、ショートとフリーの得点を合計しても百四十点台。まだ本調子でなく、フリーではコンビネーションジャンプが全く入らなかったから当然だが、これはトップクラスのジュニア女子にも劣る成績だ。ジュニア女子の優勝者は百六十点台に乗せている。男子だから東日本には間違いなく出られるが、その先を突破できるかどうかはわからない。たとえ全日本に進めたとしても、ショートで切られるかもしれないという成績である。

そもそも川瀬は、フリーだけでも百八十点台以上を叩き出す。和馬のシーズンベストを、フリーの成績だけで上回れるのだ。とても同じ土俵に立てるとは思えない。

和馬はインタビューを続ける気を失っている。もう切り上げた方がよさそうだ。

「じゃあ、最後に今後の抱負を聞かせてください」

「抱負？」

こころここに在らず、という感じだった和馬が、はっと正気づいた。

「まずは、東日本選手権を勝ち抜くこと。そして、全日本で最終二グループに入ることです」

目には強い光が宿っている。本気なのだ。

「最終二グループって、フリーのことですか？」

「はい」

「どうして最終二グループなんですか？　八位入賞とかではなく？」

スケートのフリーの順番は、ショートの成績で決まる。後半に行くほど上位の選手が登場する。ひとグループ六人だから、最終二グループに入るということはトップ十二に入る、ということだ。

強張っていた和馬の顔が少しゆるんだ。

「最終二グループに入れば、テレビに映りますから」

「ああ、なるほど」

近年フィギュアスケートがテレビで放映される機会が増えた。しかし、放映されるのは、世界で戦えるトップ選手とその予備軍だけ。全日本選手権でも地上波で放映されるのは後半だけなのだ。和馬のような大学生スケーターにスポットが当たることはほとんどない。だから、ショートを頑張ってテレビに映りたい、と願うのは、理解できないことではない。

もしかしたら、親とか祖父母とか、自分の姿を見せたい相手がいるのかもしれないな。

それとも、彼女とか。

そっちの方がありがちだな。フィギュアスケーターはもてるし、和馬はその中でも華があるしな。

「そんなところでしょうか？」

雑誌記者がそろそろ切り上げ時と思ったのか、将人の方に問い掛けた。

「はい、僕の方は大丈夫です」

それを聞いて記者は、

「今日はありがとうございました。全日本でのご活躍、楽しみにしています」

と、頭を下げた。将人もいっしょに頭を下げながら、
まずは東日本だけどな。

そう考えていた。

6

「今年はオリンピックシーズンですから、フリーは自分がいちばん得意なクラシックでやろうと決めていました。この曲を選んだのは、昔から好きだったからです。美しい曲ですし、自分の滑りのテンポにも合っていると思っていたんです。簡単な曲ではありませんが、これを完璧に滑ることができたら、自分の表現が広がるだろうと思います」

光流のインタビュー記事はまだまだ続く。柏木コーチのことにはひと言も触れていないようだ。それを確認すると、和馬はスマートフォンから目を離してふうっと息を吐いた。

光流が『未完成交響曲』を滑る。

偶然じゃないだろう。光流も、あのことを覚えていたんだ。

あれはノービスの大会で青森に行った帰りだった。大会では本命の光流が優勝し、俺は三位だった。それでも、初めて全国レベルの試合で表彰台に乗ることができたので、俺は大いに満足していた。それで、帰りの飛行機で隣同士に座った光流とはしゃぎすぎて先生に叱られ、席を替わるように言われた。先生が俺たちの間に割り込むように真ん中に座った。

「明日はゆっくり休んでいいが、明後日からまた練習だぞ」

先生の言葉に、俺は反発した。

「疲れてなんかいない。明日も練習に行くよ」

表彰台に乗ったことが嬉しかったのと、三回転ジャンプの練習を始めて、決まり始めたのが嬉しくて仕方ない頃だった。

「僕も」

負けずに光流も言う。当時はお互い練習量でも負けまい、と張り合っていたのだ。

「駄目だ。休める時は休む。それも練習のうちだ。とくに光流は腰が痛いって言ってただろ？　大丈夫なのか？」

「うーん、いまはそうでもない」

男子にしては身体の柔らかい光流は、当時からビールマンスピンやドーナツスピンをプログラムに入れていた。それは彼にとって大きな武器ではあったが、不自然に高く足を上げたり、後ろで曲げたりするために、どうしても腰に負担が掛かるのだ。

「帰ったら、臼井《うすい》先生のところに行って、ちゃんと見てもらうんだよ。強くなろうと思ったら、練習だけじゃなく、身体のケアも大事だ。せっかく頑張っているのに、怪我をして滑れなくなるのは、ほんとうにつまらないことだよ」

「先生も怪我したことがあるの？」

「ああ、もちろんだ。現役最後の年、全日本選手権のフリーの直前に右足を疲労骨折して、試合を欠場した。大学四年生だったから、そのまま引退することになってしまった」

「その時は、何を滑るつもりだったの？」

光流が無邪気に尋ねた。その時は深い意味はなかったと思う。

「フリーで滑るはずだったのは、シューベルトの『未完成交響曲』って曲だ」

「『未完成』？」

「シューベルトが生前完成させられなくて、第二楽章までしか演奏されない曲なんだ。そこまででも、素晴らしいんだけどね」

「へー、そんな曲があるんだ」

クラシックの曲って、そんなケースもあるんだな。音楽の素養のない自分には新鮮な話だった。

「好きな曲だったから選んだんだ。特に深い意味はなかった。これがスケート人生で最後のフリー。これを滑りきってフィギュア人生を完結させるつもりだったのに、怪我でリタイア。曲名どおり、先生の最後のプログラムは未完成のままで終わってしまった。だから、スケートから足を洗うことができず、こうしてコーチとして関わっているのかもしれないけど……」

先生は遠い、哀《かな》しそうな目をしていた。それで、つい言ったのだ。

「だったら、僕がそれを滑るよ、その未完成なんとか」

すると、張り合うように光流も、

「僕が滑る、『未完成交響曲』を。そして、先生の代わりに完成させるよ」

と、言う。先生は苦笑いして、

「おやおや、先生はいい教え子を持ったなあ。だけど、この曲は難しいぞ。いまのふたりにはまだ無理だ。スケートをもっともっと練習して、もうこれ以上できないってくらいにうまくなったら、この曲を滑ってもいい」

「じゃあ、そうする」

「僕も」

「おやおや、ふたりとも同じ曲で滑るつもりかい？」

先生が笑いながら言う。

「俺が滑るから、おまえはほかの曲でやれよ」

「おまえの方が後輩なんだから、遠慮しろ」

いつものように、そんなふうに口げんかしていると、

「いいよ、いいよ。ふたりともこの曲で滑ってくれるなら、こんなに嬉しいことはない。同じ曲でも振付や解釈で、全然違うものになるからな。それにこの曲は『未完成』だからいろんなバージョンもあるし、どの部分を切り取るかでも違ってくる。だから、それぞれの『未完成』を、楽しみにしているよ」

そう言って、先生は何とも言えない優しい、そしてどこか哀しい目で僕らを見たのだった。あの頃よくあった光流と俺のさやあて。意地の張り合い。だけど、俺がずっとそれを覚えていたのは、あの時の先生の目が忘れられなかったからだ。

あの時、先生は何を思っていたのだろう。

どうしてあんなに哀しそうな目をしていたのだろう。

それっきり、その時のことを口に出すことはなかったけど、それは俺の記憶の底に深く沈んでいる。あの時の先生のまなざしといっしょに。


だから、俺は今季のフリーに『未完成交響曲』を選んだのだ。先生が滑ったのと同じ年齢、大学最後のシーズンだから。これを滑りきれば、俺と先生の滑りは完成する。怪我でつまずいた俺だからこそ、先生の代わりに滑ることができるのだ。

だけど、まさか光流も今シーズンにこれを持って来るとは思わなかった。やつにとっては五輪シーズン、最強のプログラムでなければいけない年なのに。

やつには次のシーズンもある。男子フィギュアでも光流ほど実績のある選手であれば、大学卒業後もスポンサーが継続するだろうから、ずっと続けられる。次の五輪の時でも二十六歳。そこまでは頑張るつもりだろう。どうせなら、もっと後の年にやってほしかった。何も、俺のラストシーズンにぶつけることはないだろうに。

どっちにしても、柏木コーチのためにこの曲を滑るのは俺だ。勝手に光流が滑るのはかまわないが、ほかのコーチのところに去った光流には関係ない話だ。いまでも柏木コーチの弟子と言えるのは、俺だけなんだから。

「ごめん、待った？」

顔を上げると、目の前に麻耶がいた。

「いや、俺もいま来たところ」

「忙しいのに、待たせてごめんねー」

麻耶が申し訳なさそうに謝った。その、ちょっと目を伏せた睫《まつげ》の影の濃さがいい。すんなりとした鼻の先が少しだけ上向きになっているところがかわいい。なんのかんの言っても、麻耶は美人だ。そこがやっぱり気に入っている。

「それで、どこに行く？」

「今日は三時にはリンクに行かなきゃいけないから、あんまり時間ないな。喫茶店でいい？」

「いいよ」

通り沿いの、壁面全部がガラス張りのしゃれたカフェにふたりで入っていった。室内の床は白木で、店のそこここに大きな観葉植物が置かれている。

「急に呼び出してごめん」

「ううん、大丈夫。これでいいかな」

麻耶は持っていたバッグから、本を二、三冊取り出した。就活の面接用の参考書である。

「ありがとう、助かるよ。これ、いつ返せばいいかな？」

「いつでもいいわ。私にはもう必要ないから」

麻耶は既に第一志望の内定を取っていた。エントリーシートすらろくに出していない和馬は大きく後れを取っている。

「こういう本、もっと前に買っておけばよかったんだけど、なかなか本屋に行く時間もなくて」

ついそんなふうに言い訳する。スケート中心の生活に戻すと、やることはいろいろある。リンクでの練習以外にも衰えた持久力を取り戻すための陸上トレーニングや柔軟性を保つためのストレッチは欠かせない。一方、大学の単位も取らなければならない。正直就活までは頭が回らない。

「仕方ないよ、スケートとの両立はたいへんだもの」

「とは言っても、黒田とかちゃんと就職決めてるし、俺もいつまでも半端な状態でいたくないし」

「決まらなかったらもう一年大学に残って、スケートをやるってわけにはいかないの？」

「親が許してくれないよ。スケートはお金が掛かるし、さっさと就職しろってうるさいから」

昨日も就活はどうなっているか、と聞かれた。留年するなんて、とても言える雰囲気ではない。

「そう、もったいないなあ。せっかくあんなに滑れるのに。それで、調子はどう？」

「悪くはない。四回転の練習も始めたし、東日本までには少しはかたちになると思う」

「四回転！　すごいね。東日本でも跳ぶの？」

「一応、そのつもり」

「わあ、和馬が跳ぶところ、観てみたいなあ」

「観に来る？　東日本」

和馬は思い切って誘ってみる。ほんとは、東京大会も誘いたかったのだが、まだ自分が十分な滑りができないと思ったのでやめたのだ。

だけど、そろそろ観に来てもらっても大丈夫なくらいには戻して来た。以前から自分のスケートに関心を持ってくれる麻耶なら、きっと観に来てくれるだろうと思う。

「今回は神奈川での開催だし、麻耶の家は横浜だろう？　そんなに遠くないと思うよ」

「それって、全日本の予選だよね。誰が出るの？」

予想に反して、麻耶の声には戸惑いがある。

「東日本だから、東京とか仙台とか東地区の実力者はみんな集合するよ」

「光流くんは出ないんでしょ？」

「えっ、ああ、あいつはシード選手だから、予選は免除」

光流の名前が出て、和馬のこころに影が差す。

やっぱり麻耶は俺よりも光流に興味があるのか。

「だよね。で、試合はいつ？」

和馬が日にちを告げると、

「あ、ごめん、その日は高校時代の友だちと旅行に行くことになってるの。旅行って言っても、箱根だから旅というより、仲間内の同窓会みたいなものだけど。就職決まった連中が集まって、久しぶりに会おうってことになってるの。だから……」

麻耶は申し訳なさそうだ。和馬は軽い失望を覚えていたが、

「そういう予定だったら、しょうがないね。残念だけど」

「でも、全日本は必ず観に行くから。その日はクリスマスだけど、和馬のために予定空けてるよ」

麻耶は機嫌を取るように言う。

「ありがとう」

俺のため？　光流のためでなく？

作り笑いで返事しながら、和馬は内心そんなふうに問い掛けている。

「でも、チケットが心配。獲れるかな。和馬の方でなんとかなるといいんだけど……」

「さあ、いまのところはまだなんとも。俺が出られるって保証はないし、親も最後だから観に行くと言い出すかもしれないし」

素直にうん、と言いたくなくて、和馬はそんな風に説明した。

「あ、無理にとは言わないわ。私もまずは自力で頑張ってみるから。今年の全日本は五輪の代表が選ばれるわけだし、チケット争奪戦もすごくなりそうだけど」

五輪代表選出か。

そんなもの、関係ない選手の方が多いんだけど。

俺ら学生スケーターにとっては、一年に一度の大舞台。とくに大学四年生にとっては、それまでのスケート人生の集大成として、ベストなパフォーマンスをすることがいちばんの目標なんだけど。

「だけど、現地に行かなきゃ、和馬の演技観られないものね。絶対観に行くよ。楽しみにしている」

無邪気に言う麻耶の言葉が突き刺さる。

どうせ俺の演技はテレビには映らない。はなっから、そう決めて掛かっているのか。

そりゃ、俺はずっと沈んでいたし、東日本突破できるという保証もないんだけど。

もやもやした想いが和馬の胸の中を吹き荒れている。

「ごめん、やっぱり俺、練習に行くわ」

和馬は席から立ち上がった。なんとなく、麻耶とこれ以上いる気になれなかった。

「そう？　練習頑張ってね。私、もうちょっとここにいる」

麻耶は引き留めることもなく、あっさりそう言った。

「本、ありがとう。なるべく早く返すよ。あ、ここは俺が支払っておくから」

和馬は伝票を手に取った。

「ありがとう。じゃあ、またね」

麻耶はにっこり笑った。その花のような笑顔を見て、やっぱり麻耶は美人なんだな、と和馬は思わずにはいられなかった。


「ちょっとやめ」

ぱんぱん、と手を叩いて、柏木コーチが和馬の演技を中断させた。

演技は終わったが、コーチの持ってるポータブルCDプレイヤーから、まだメロディーが流れていた。

後半の盛り上がる部分である。クラブの貸切練習中だが、音響設備が整っていないのと、ほかのコーチもいるので、音を鳴らすのにCDプレイヤーを使っている。音量がそれほど大きくないので、和馬の動きに合わせて聞こえる範囲にコーチも移動している。

「ほんとに大丈夫なのか？」

「何がですか？」

和馬は両膝に手をあてて、呼吸を整えながら、問い返した。

「この曲……『未完成』で」

「もちろんですよ。何度も話したじゃないですか」

「だが……」

コーチはうまく言葉が出ない、という表情をした。

「滑り込みが足りないのはわかっています。怪我で出遅れていますから。だけど、もう痛いところはないし、これからもっとよくなりますよ」

和馬はそう弁解する。

「それはもちろんだが……和馬はこの曲を滑って楽しいか？」

「えっ？」

「俺のために気を遣ってくれなくてもいいんだぞ。和馬が滑りたい、滑って楽しいと素直に思える曲があれば、それに越したことはない」

「そんなに俺、ダメですか？」

「ダメってわけじゃない。ひとつひとつのエレメンツが決まれば、見栄えのするプログラムになるとは思うんだが……」

「じゃあ、何がダメなんですか？」

「ショートの『ラ・マンチャ』が和馬にぴったりだからよけい感じるのかもしれないが、『未完成』の方は和馬の気持ちが……そう、気持ちが演技に乗っていない気がするんだ」

「気持ちが乗っていない？」

「クラシックだから、『ラ・マンチャ』みたいに、どんな情景で何を表現したもの、とは言えないのはもちろんなんだが、『未完成』を演じることで和馬が何を観客に伝えたいか、というのが響いてこないんだ」

「それは……振付する時に、ひとつひとつ検証したじゃないですか」

自分のスケート人生の集大成。最初に氷に乗ったところから、いろんな経験を経て、うまくなっていく。楽しいことも、辛いこともいろいろあった。そうしたひとつひとつの想いを重ねて滑る。最初の四回転はスケートと出会った喜び、弾《はじ》けるような嬉しさを表現するところから始まって、ステップはライバルとの競い合い、スピンのところは伸び悩んで、試行錯誤する感じ……。そんなふうに、ひとつひとつに意味づけしながら、振付をしてもらったのだ。

「それはそうだが……なんと言ったらいいのかな、いまのままだと、俺の『未完成』を、和馬が一生懸命なぞっているだけのように見えるんだ」

「それは……いまの段階では仕方ないんじゃないですか。最初は真似から入っても、最終的には俺のプログラムにしてみせます」

和馬が力強く宣言するのを聞いて、コーチは少し表情をやわらげた。

「そうだな。俺の方がナーバスになっているのかもしれない。この曲を和馬が滑ってくれるということが嬉しくて安易にOKしてしまったけど、いまになって俺のために和馬が無理してこの曲を滑ろうとしてるんじゃないか、という迷いが出てしまって」

和馬はどきっとした。それは当たっている。もし、柏木コーチの因縁の曲でなければ、自分はこれを選ばなかっただろう。もとの振付は柏木コーチを指導していた先生が担当した。それをもとに、柏木コーチがいまの採点法で、和馬の技術に合うように変えてくれている。そうしてプログラムが受け継がれていくことに、大きな喜びを感じている。それが、この曲を選んだ最大にして唯一の動機なのだ。

「和馬が頑張っているのに、俺の方が迷っていちゃダメだな。悪かった。和馬がこれを滑りこなすと言うのなら、きっとうまく行く。全日本では最高の滑りができるように、いっしょに頑張ろう」

コーチの言葉に、和馬は「はい！」と力強くうなずいた。

できないはずはない。

俺はコーチの直弟子なんだ。誰よりもうまくこの曲を滑ってみせる。

そう、光流よりも、自分がきっと。

和馬は胸の中で強く自分に言い聞かせていた。

7

「あ、すみません」

持っていた紙コップの中のコーヒーが後ろの人に押されてこぼれ、目の前を通り掛かった女性に掛かった。

「申し訳ありません。熱くなかったですか？」

将人は気遣いながら、相手の顔を見た。そして、思わず大声を出す。

「鍋島さん」

「えっ、井手くん？」

「こんなところで……って、当たり前か」

鍋島佳澄はフィギュアスケート部の部員だ。本人は出場しなくても、東日本選手権という大舞台だ。仲間の応援に来るのは当然だろう。

「ちょっと持っててくれる？」

鍋島は手に持っていたペットボトルを将人に手渡し、ティッシュを出してダウンについたコーヒーの汚れを拭う。

「大丈夫？　シミにならない？」

「大丈夫。これ、ナイロンだから」

そう言って鍋島はダウンの汚れをぱん、ぱんとはたく。

「ほら、きれいになった」

鍋島はにっこり笑った。屈託のない、明るい笑顔だ。

「ああ、よかった」

ぶつかったのが鍋島でよかった、と将人は思う。口うるさい女子だったら、こんな時どれだけ文句を言われるかわからない。

「井手くん、今日も取材？」

「ああ。だけど、すごい混雑だね。びっくりしたよ。東日本でこんなに混んでいるのを見たのは、初めてだ」

「女子のトップ選手が出ているもの。それに、場所が横浜だから、集まりやすいのよ」

五輪シーズンだからマスコミの注目も高い。シニア男子はこの大会にトップ選手はほとんど出ていないが、女子は違う。五輪代表を狙える女子がふたりも出場しているのだ。それを取材しようと、マスコミの姿も多く見掛ける。マスコミの目当ては、そのふたりと、同じ日に行われるジュニアの試合に出場するトップ選手たちだ。世界ジュニアを狙える男子も出場しているのだ。

ほとんどの観客たちの目当てもそのどちらかだろう。自分たちのように、シニア男子が第一目的というのは少数派だ。

「鍋島、南側の後ろの方にいただろ？」

「あ、気がついていた？」

「紫のバナー持ってる連中が固まっていたから、すぐわかったよ」

紫は大学のスクールカラーだ。同じ大学の選手が登場するたび、大学名を書いた紫のバナーが振られている。

「応援だけは、ほかに負けちゃいけないと思ってね」

会場の各所に張られているバナーのほとんどが、女子のトップ選手もしくはジュニアの人気男子だ。イラストやコメントが添えられていたり、色使いも凝っていたりして目を引いた。お金も掛かっていそうなものが多い。男子シニアの学生スケーターのも少しはあるが、あまり大きなものはなく、名前だけのシンプルなデザインのものばかりだ。

「男子はうちの連中が活躍するから、応援のし甲斐があるよね。昨日のショートの伏見、よかったなあ。東京大会から短期間で、よくここまで仕上げたと思ったよ」

ショート一位は和馬。本命視されていた同じ大学の堺をわずか〇・一ポイント上回っていた。

「うん、期待以上だったね」

鍋島が自分のことを言われたように、照れた顔をしている。やはり同じ部の学生が活躍するのは、誇らしいのだろう。

「ジャンプも決まっていたし、プログラムがよかったね。『ラ・マンチャ』は、伏見くんにすごく合ってると思う」

昨日みたいにうまく決まると、和馬のジャンプは幅も高さもあるので迫力がある。手足も長いし、ダイナミックな曲をうまく表現できる。四回転は外したけれど、その分、ゆとりを持ってジャンプをこなしていた。

「問題はフリー。ちょっと苦戦してたからなあ」

シューベルトの『未完成交響曲』。クラシックだから物語があるわけではない。盛り上がりはあるけれど、ほとんどの観客にはあまり耳馴染みのないこの曲で、和馬は十分自分を表現できるだろうか。

つい先週行われたフィンランディアトロフィーのフリーの動画で、川瀬光流の『未完成交響曲』を観た。こちらは、音を繊細に拾い、優雅な振りで観客にアピールしようとしていた。だが、それでも彼のベストのプログラムとは言えない。シーズン最初だから仕方ないのかもしれないが、曲の難しさにまだ滑りがついていっていない。五輪シーズンなのに大丈夫なのか、という声も聞こえていた。

クラシックの得意な川瀬でさえそうなのだ。繊細さよりもダイナミックさで勝負する和馬に、この曲が滑りこなせるのか疑問だ。

「あ、そうだ」

将人は、バッグの中から持ち歩いていた封筒を取り出す。

「これ、前から渡そうと思っていたんだ」

「え？　何？」

中から出てきたのは、関カレの時の鍋島の写真だ。結局新聞に載せることはなかった。それがなんとなく申し訳なくて、よく写っているものだけプリントアウトしたのだ。

「わ、これ、もらっていいの？」

「もちろん。渡そうと思ってずっと持ち歩いていたんだけど、なかなか機会がなくって」

実はチャンスは何度かあったのだが、ふたりきりで顔を合わせることは滅多にない。

誰かの前で渡したくはなかった。

鍋島は大事そうに写真を持ち、一枚一枚、熱のこもったまなざしで確認する。三十枚以上撮った中から選んだ五枚だ。うまく撮れている自信はある。

「ありがとう。素敵な写真ばかりね。嬉しいわ」

「それはよかった」

「演技中の写真ってなかなか撮ってもらえないから、こんなふうに上手に撮ってくれて、すごく嬉しい。ほんと、ありがとう」

鍋島の喜んでいる姿を見て、将人はほっとする。ほんとうは、部のカメラで撮ったものを個人に渡すのはNGなのだが、卒業前の一度くらいは許されるだろう。プリントアウトは自分のパソコンでやったんだし。

「これ、ほかの部員には内緒にしておいてね。鍋島さん以外の分は、俺の担当じゃないから撮影していないんだ」

「そう？　わかった」

鍋島はなんとなく事情を察したのだろう。それ以上、将人を問い詰めることはしなかった。そして、ふと時計を確認すると、

「あ、いけない。もうこんな時間。そろそろ席に戻るね」

別れ際に笑顔を見せて、鍋島が去って行く。なんとなく去りがたくて、人混みに消

えて行く鍋島の後ろ姿を、将人は目で追い掛けていた。

「先輩、遅かったですね。そろそろ六分間練習始まりますよ」

「売店のカウンターが混んでいてね。行列に並んじゃったよ」

将人は言い訳しながら、後輩の隣に座った。通路に一番近い、何かあったらすぐ動ける場所である。

「次のグループにうちの選手は何人？」

「えっと、ふたりですね。最終グループの方には三人出ますけど」

「三人？　ふたりじゃなかったっけ？」

「伏見さんと堺さん、それにＯＢの芹沢さんもいますから」

「ああ、そうだった」

「芹沢先輩、人気ありますね。男子の中では、いちばん盛り上がったんじゃないですか？」

「先輩は全日本でも、ヘタな上位選手より人気あるからな。観客を楽しませることにかけては、誰よりうまかったから」

今年のショートの演目はＥＸＩＬＥメドレー。大流行したダンスの振りをそのまま入れたりして、エキシビションのように楽しい演目になっていた。

「伏見さんは一番滑走、堺さんが三番、芹沢さんは五番ですね」

一グループ六人の中で、一番いい滑走順は三番目か四番目だと言われている。一番目は六分間練習のすぐ後なので気持ちの切り替えがやりにくく、最後になると練習で温まった身体が冷えてくる。練習の後、いったん氷から上がり、集中力を高めて本番を迎える、というかたちの方が望ましい、というのが一般論だ。和馬の場合は、順番にはあまりこだわらない、と言っていた。何番であっても、自分のルーティーンをこなすだけだ、と。

将人はカメラを取り出し、レンズの調子を確認するようにファインダーを覗《のぞ》きこんだ。

偶然、南側の紫の大学のフラッグが目に入った。そちらをズームする。

監督の石田が真ん中に座っているのが見えた。今日試合のない女子たちがそれを囲み、鍋島は遠慮してか、後ろの方に座っている。

ああいうところが、鍋島らしいな。

将人はそう思いながら、ファインダーから目を離した。

最終グループの六分間練習が終わった。

場内アナウンスが流れ、ほかの選手はリンクから上がる。和馬だけが氷の上に残された。

コーチはフェンス越しに少しだけ話して、和馬の両肩を軽く両手でぽん、と叩いた。これは柏木コーチの儀式のようなものだ。試合のたびに自分の選手をそうやって送り出している。

和馬がリンクの中央へと向かう。その背中に「和馬がんばー」という声援が被さる。和馬が真ん中で最初のポーズを取ると、観客はすぐに静まった。

この瞬間、会場中の視線が和馬に集まっている。

全方向から見られるんだから、ごまかしがきかない。選手はこれが快感なのだろうか。俺だったら、いたたまれないけど。

この注目に耐えられるだけでも、フィギュア選手ってたいしたものだ。

シューベルトの『未完成交響曲』の序章が高らかに鳴り響いた。同時に和馬が滑り出す。それに合わせて観客の視線も動く。

最初に四回転サルコウ。両足着氷だが回りきる。そして、それほど間を置かず、四回転サルコウと三回転ループのコンビネーションジャンプ。最初のサルコウを跳んだものの着地に失敗、転倒した。

あちゃ、コンビネーションにできなかった。

同じジャンプは二回まで。それも、片方はコンビネーションにしなければならない、というルールがある。二度目のジャンプも四回転と認定されたら、同じジャンプを二度目跳んだとして、二度目の方は減点されてしまう。それはもったいない。

その失敗が響いたのか、その後も精彩を欠いている。

やっぱりポイントは四回転か。東京大会と同じパターンだな。

いや、前よりは丁寧に滑っているんだけど……。

複雑なステップだ、と将人でもわかる。足元もたいへんそうだが、屈《かが》んだり伸ばしたり、上半身の運動がかなり多い。それを一生懸命こなしている、という感じだ。

滑りはできていても、踊りになっていない、という感じだな。

フィギュアを間近で見るようになって不思議に思うのはそこだった。ある種の選手は、確かに「踊っている」という感じがする。それこそ、腕一本さっと振り上げただけで、その人の世界が広がるように感じる選手もいる。神代琢也などはそうだ。

だが、それってどうやって身につければいいんだ？

音楽と一体になるって簡単に言うけど、それは持って生まれたセンスってやつなのか。

センスの違い、で片づけるのは、あまり好きじゃない。そうだとすると、最初から勝負が決まっていることになってしまう。

氷の上の和馬はイーグルを決めている。両足を百八十度に開き、真横に滑って行くものだ。和馬のイーグルは傾斜が深く、長い時間続く。手足も長いので、見栄えがする。こういうところが和馬の良さではある。

だが、和馬のいまの演技は、やはり何かが欠けている。音楽がただの伴奏のように聞こえてしまう。

これは滑り込みが足りないってことなんだろうか。練習を積めば、もっとよくなるっていうことなのだろうか。

それだけじゃないと思う。これを選んだのは、コーチのためだって言ってたけど、無理な曲を選んだんじゃないだろうか。コーチという人がどんな滑りをしていたのかわからないけど、和馬とは違うタイプなんじゃないだろうか。

リンクサイドの柏木コーチに目をやる。優しそうな、線の細い感じの人だ。こういう人ならクラシックの繊細な曲も似合いそうな気がする。

一方で和馬は……。

後半のルッツ・ジャンプもパンクして一回転になった。これも、三回転二回転のコンビネーションを予定していたはずだ。コンビネーションが二回入らなかったとなると、得点も伸びないだろうな。

演じ終わってリンクサイドに向かう和馬の顔もあまり冴えない。大崩れはしなかったものの、いい演技にはほど遠い。

フィギュアの得点は、ショートとフリーの合計得点で決まる。ショートでいい点数を稼いでおけば貯金になるが、ショートはショート。どんなに頑張ってもフリーの半分くらいしか取れない。両方の得点を揃えることが、やはり大事なのだ。

しかし、フリーといっても、ちっとも自由じゃないんだよな。決められているジャンプの回数は男子八回、女子は七回までと決まっているし、スピンは三回、それにステップシークエンスとコレオグラフィックシークエンスを一回ずつやらなければならない。

で、その要素のひとつひとつに得点が決められていて、たとえばジャンプは同じ回転数でも半回転多いアクセルがいちばん配点が高く、その次にルッツ、フリップ、ループ、サルコウ、トウループという順番になっている。それだけじゃなく、出来の良し悪しによってマイナス三から最高三点までの加点がつく。だから、ヘタなフリップを跳ぶより、完璧なループを跳んだ方が点数が高いのだ。そのジャンプだとスピンだのステップだの、決められた技のひとつひとつを積み上げて、フリーの技術点が決まってくる。

ここまでは、将人にも理解できる。しかし、わかりにくいのは演技構成点というやつだ。ルールブックを見ると、五つの要素、スケーティング技術、繋ぎ、演技、構成、音楽の解釈という側面でそれぞれ採点され、その合計点ということになっている。スケーティング技術や繋ぎはともかく、構成とか音楽の解釈っていうのは、振付師の領域ではないだろうか。演技という項目も、何かよくわからない。

でもまあ、試合を観ているうちに、この演技構成点が伸びる選手というのもなんとなくわかってきた。滑りがきれいというか、より音楽と調和している演技をした場合に得点が高くなる。観客ウケのいいのも、これが高い選手だ。

しかし、技術点と演技構成点はある程度比例しているらしい。どちらかだけが突出して高いということはまずない。少し前までは、演技派の神代が圧倒的に演技構成点が高かったが、最近では技術で凌駕する川瀬の方も、演技構成点が伸びてきた。試合によっては、神代を上回る時もある。結局は、すばらしい演技は高い技術に裏打ちされている、ということなのだろう。

和馬のフリーの得点は伸び悩んだ。かろうじて、いまの段階ではトップだが、これから東日本の精鋭が登場する。和馬の順位はどんどん落ちて行くだろう。

将人が予想したとおり、その後滑った選手たちに抜かされていった。最終順位は六位。全日本には進める順位だが、できればもう少し上にいたかっただろう。東日本の結果が、全日本のショートの滑走順にも関係してくるから。ここでよい順位を取っておけば、全日本でもそれだけ後ろの方で滑ることができる。

試合後のインタビューでも、和馬はやはり元気がなく、口数が少なかった。同じ大学の堺に優勝をさらわれたから、よけい悔しいのだろう。

「全日本まで、集中して練習します」

それだけを何度も繰り返す。いい成績の時はいいが、悪い成績の時は質問する側も気を遣う。適当なところで切り上げようとしたが、ふと最後に思いついたことを口にした。

「ところで、川瀬選手の『未完成』は観ましたか？」

それを聞くと、もともと険しい顔をしていた和馬の顔が、ますます険しくなった。

「いえ、観ていません」

「構成的には全然違ってましたが……」

「曲が被ることはよくあるし、僕は僕の滑りをするだけです」

和馬は機嫌を悪くしたようだ。つっけんどんな受け答えになっている。

「わかりました。全日本、頑張ってください」


これ以上不機嫌にならないように、将人はインタビューを打ち切った。

その後、堺のインタビューを取った。和馬を取材していたのは将人ともうひとり雑誌記者がいたくらいだったが、堺の方は東日本選手権初優勝とあって、新聞や雑誌の記者が取り巻いている。プロの記者に交じると気後れして、後ろの方からＩＣレコーダーを差し出した。

堺はさすがに嬉しそうだ。夏にアメリカでの合宿に参加して、それで摑《つか》んだものがあったらしい。コメントもなかなかおもしろく、次のうちの新聞でも、大きく扱えそうだ、と将人は思う。

インタビューを終えて、引き上げようと通路に出た時、まだ練習着のままの和馬がいるのに気がついた。誰かと楽しげにしゃべっている。挨拶をしようとして、ふとしゃべっている相手を見た。鍋島佳澄だ。鍋島は上気した頰をして、うっとりするようなまなざしで和馬を見ている。

それを見た瞬間、はっとした。

鍋島、和馬が好きだったんだ。

驚くようなことではない。同じ部活だし、親しくなる機会はいくらでもあるだろう。ふたり並んでいると、顔もスタイルもバランスがいい。お似合いのカップルだ。自分のようなずんぐりした体型の男では太刀打ちできない。

胸がずきんと痛む。

鍋島のこと、俺、気に入っていたんだけどな。

ふたりはまわりの状況にまるで関心ないように、お互いだけを見てしゃべっている。声を掛けることができなくて、将人は逃げるようにその場を立ち去った。

8

長野に向かう往きの電車の中でも、和馬はずっとイヤホンをして『未完成交響曲』を聴いていた。それも、試合で使う四分半のダイジェストではない。コンサートで演奏される、第一楽章、第二楽章すべて録音されたものだ。ここのところ、暇さえあればこの曲を聴いている。何十回、いや何百回聴いただろうか。いつもはJ－pop一辺倒だが、東日本選手権の後からはこればかりだ。母親に「食事中くらいは音楽聴くのをやめなさい」と言われるほどだ。

自分はまだこの曲を十分身に付けていない。試合でそれを強く感じたので、せめて耳からこの曲に馴染んでいこう、と思ったのだ。おかげでこの曲全体の美しさがわかってきたし、メロディーにも親しみを覚えるようになった。風呂に入っている時など、つい鼻歌で口ずさむほどだ。

さらに自分の演技の振付の意図を、以前より深くわかるようになってきた。四分半に編集するためには、ほとんどの部分を切って捨てなければならない。だけど、残すならここだな。この後にここを繋いだのは、たぶん強さを印象づけるためだな、と。

そうして耳慣れた部分に曲が差し掛かると、自分が滑っているイメージが浮かぶ。

右スリーターン、ストップを挟んでトウステップ、後ろにクロスして左ロッカー・ターン、前にクロスして右ツイズル……。

イメージの中の自分は、軽やかに曲と一体化している。寸分の狂いもなく、複雑なステップを正確に氷に刻んでいる。時に、イメージに合わせてぱっと手を振り上げたりして、まわりにいる人に怪訝《けげん》な顔をされたりもした。

「あと十五分で長野だな」

隣に座っていた柏木コーチがつぶやくように言う。今年、柏木コーチの教え子で全日本選手権に出場するのは和馬だけだ。ジュニアには女子がひとり、男子ふたりが出場していたが、シニアでは有望選手は和馬しかいない。

おかげで、先生と相部屋か。

正直、あまり嬉しくない。しかし、費用から言えば、シングル二部屋取るより、ツイン一部屋の方が経済的だから、贅沢は言えない。

「就活が進んでないのにねえ」

と、ぶつぶつ言いながらも、親はスケートのための費用を出し続けてくれた。今回の全日本に掛かる費用も馬鹿にはならない。コーチの旅費や宿泊代も、生徒が持たなければならないからだ。

しかし、最近のファンの熱心さは異常だ。全日本の会場が長野だと正式発表される前に、すでに熱烈なファンは長野のホテルを押さえていた。どこから漏れ聞いたのだろう。長野はホテルの数が少ない。トップクラスの、必ず出場できるとわかっている選手は事前にホテルを押さえているが、ぎりぎりで出場が決まった選手などは「ホテルが取れない」と、悲鳴を上げていた。和馬の場合は、出場が決定する前に先生が馴染みのホテルに電話で予約を取っていたおかげで、駅に近いところを押さえることができた。同じホテルには、スケート関係者も多く泊まるらしい。

「和馬のご両親、結局今年も来られないのか？」

「はい。最後の全日本かもしれないっていうんで、観に来たがったんですが……」

クリスマスは美容院のかきいれ時だ。休むわけにはいかない。

『そのかわり試合の日は早仕舞いしてテレビ観戦するから、あんた、頑張ってテレビに映るんだよ』

と、言ってくれた。母親なりの激励だ。姉の方は最近つきあい始めた彼氏とその日はデートなのだそうだ。弟の試合どころではない。

「じゃあ、チケットはどうした？」

「友だちが来たがってたんで、あげました」

「そうか。……もしかして、彼女？」

コーチが興味深げに聞き返す。

「そんなんじゃないですよ」

彼女とはまだ言えない。これからどうなるかはわからないけど。

「俺、トイレに行ってきます」

和馬はそれ以上、追及されたくなくて、席を立った。


降り立った長野駅には粉雪が舞っている。今朝から降った雪が積もり始めていた。

「しまった、積もってますね。俺、レインカバーをつけるんで、ちょっと待ってもらえますか」

和馬はコーチに話し掛ける。晴天の東京からレインシューズを履いてくる気にはなれなくて、お気に入りのハイカットシューズにした。どうせ長野ではホテルと会場をバスで往復するだけだ。

「ああ、いいよ」

和馬とコーチはホームのベンチに座った。和馬が素早くトランクから携帯用のカバーを出すと屈んで装着を始めた。コーチはスマートフォンを取り出し、メールのチェックをし始めた。

その前を何人かの客が通りすぎる。

同じ試合に出る連中もいるのかな。

賑《にぎ》やかな集団が近づいてくる。目を上げて見ると、集団の中心に川瀬光流がいる。光流とその母親、コーチのジャクソン、トレーナーの矢田部《やたべ》氏、そこまではわかったが、それ以外の三、四人は知らない顔だ。スーツを着ている人もいる。マネージャーとかスポンサーとか、そんな人たちだろうか。

「やっぱり寒いですね」

そんなたわいもない話をしながら通り過ぎて行く。みんなキャリーバッグを引いている。

同じ電車だったのか。

思わず隣にいる柏木コーチの顔を見る。コーチの顔は強張っているが、視線は光流に注がれている。

ふたりの前を通り過ぎようとした時、光流がこちらの方に目をやった。光流は少し驚いたような顔でこちらに目礼した。ほんの一瞬の出来事だった。そのまま歩みを止めることなく通り過ぎたので、光流のまわりの人間は誰も和馬たちの存在に気づくことはなかった。

コーチは去って行く光流の背中を、食い入るように眺めている。

そうか、光流と顔を合わせるのは、あれ以来だっけ。

その日、リンクではいつものように練習があった。光流は世界ジュニアで優勝して、つい前日の深夜に帰宅したところなので、その日は休んでいた。コーチも帰国したばかりだったが、地区の大会が近いので、休まずにほかの選手の練習を見ていたのだ。

夜の貸切練習が始まる直前に、選手の母親のひとりが駆け寄ってきた。ひどく驚いたような顔で、

「先生、光流くん、アメリカに行っちゃうんですって？」

と、大声で柏木コーチに問い掛けた。

「アメリカ？」

コーチはなんのことかわからない、という顔をしている。母親は手に持っていたスマートフォンを差し出した。まわりにいた何人かも近寄って行く。

「記者会見があったようですよ。光流くん、アメリカのジャクソンコーチのところに行くらしいです」

「えっ」

コーチはスマートフォンを受け取り、提示された画面を見た。和馬も後ろから覗き込んだ。画面には「フィギュアスケート世界ジュニア優勝の川瀬光流、アメリカのジャクソンコーチのもとへ」という見出しが躍っている。

思わず柏木コーチの顔を見た。みんなも、コーチを見つめている。

コーチは食い入るように画面の文字を追っている。その表情は見たことがないくらい険しかった。

先生は知らなかったんだ、と和馬は直感した。

そうだよな。俺だってこんな話、聞いていない。昨日送ったメールの返事には、そんなことはひと言も書いてなかった。

和馬は息苦しくなった。

なんでこんな大事なことを、俺にも、コーチにすら言わずに勝手に決めるんだ。

ジャクソンコーチは、フィギュアの世界では有名だ。五輪王者を何人も育てている。彼が所属する会員制のクラブには専用の立派なリンクがあって、選ばれた人間しかそこで滑ることができないのだという。

五輪王者を育てたようなコーチに直接指導を受けるのは、そりゃ魅力的だろう。ジャクソンコーチ以外にも振付師やジャンプの指導に長《た》けたコーチもいるから、いろんな面でサポートが受けられる。東京郊外のありふれたスケートリンクで、ホッケー選手や一般人の滑走の合間を縫って滑るような環境とは全然違う。

世界ジュニアで優勝するだけの力がある光流を、さらにステップアップしてくれる絶好の環境だ。スケート選手だったら誰だって、そっちに行ってみたい。

それはわかる。わかるけど、なぜ、俺に、いや誰より柏木コーチに言わないんだ。

ここまで二人三脚で光流を育ててくれたのは、柏木コーチじゃないか。

柏木コーチは優しい。試合でどんなに失敗しても、「次はもっと頑張ろう」と笑顔で声を掛けてくれるのだ。そんなコーチだから、自分も続けられた。光流だって同じだ、と思っていたのに、そうではなかったのか。もっと自分を引き上げてくれるコーチに変わるチャンスを虎視眈々《こしたんたん》と窺《うかが》っていたのか。

裏切られた、という想いが和馬のこころに浮かんできた。

このままずっと柏木コーチのもとで、いっしょに強くなっていく。自分も、世界ジュニアに出て光流と同格になる。信じていた未来が、音を立てて崩れて行くようだった。

コーチはしばらく画面を見つめていたが、ようやく「ありがとう」とスマートフォンを生徒の母親に返した。その顔は真っ白で、触れたら火花が散りそうな緊張感があった。取り囲む人間は誰ひとり、何も言えなかった。

「さあ、みんなリンクに入って」

コーチは何事もなかったように、リンクに出て行く。そして、いつものように練習を始めた。傍目《はため》には、コーチの態度はいつもと同じだった。少しばかり元気がなく、いつものように声を立てて笑ったりはしなかったけど。

その後貸切練習が終わって、和馬とコーチだけが更衣室にいた。試験期間中ということもあって、その日の貸切に参加していた男子は和馬ひとりだったのだ。コーチはふだんどおりだったが、ぴんと張りつめたような何かがあって、話し掛けることができなかった。少し離れた場所に立ち、沈黙のうちに着替えが終わったところで、更衣室の扉が開いた。

ネクタイにジャケット姿の光流だった。あとから、それは記者会見の時の恰好だ、と気がついた。会見が終わるとすぐにリンクに来たのだろう。

「先生、あの」

光流はまっすぐコーチの前に立った。しかし、コーチの冷ややかなまなざしに、言葉を一瞬途切れさせる。

「あの、このたびは勝手なことをしてすみませんでした。ほんとうは、先生にちゃんとお話ししてからと思っていたのですけど、僕の意思は伝わらなくて、ほかの人たちが勝手に発表の段取りを決めてしまって……」

言い掛けた光流の言葉を、コーチが手を振って止めた。

「だけど、アメリカに行くのは決まってるんだろ？」

コーチの言葉に光流は小さくうなずいた。

「だったら、それでいいじゃないか。俺に言い訳する必要はない」

口調は冷静だったが、刃物ですっぱり切るような厳しさがあった。

「先生……」

「じゃあな」

それだけ言うと、コーチは荷物を抱えて更衣室を出て行った。

和馬と光流だけが取り残された。光流は和馬の方を向いて、

「ごめん」

最敬礼といえるくらい深く頭を下げた。和馬の方も、いろんな想いが頭をぐるぐる渦巻いた。小学四年の頃からずっといっしょに練習してきた相手。誰よりも長くいっしょに時間を過ごした相手。友だちで、ライバルで、目標でもあった相手。

それがいま、離れて行こうとしている。

だけど……。

「馬鹿野郎、謝るくらいなら、最初からやるな」

ふいにそんな言葉が口から出た。光流が驚いた顔で頭を上げた。

「決めたんなら、堂々としていろ。俺や柏木コーチを裏切ってでも手に入れたかった結果を、ちゃんと出してみせろよ。泣いて戻って来るような真似だけはするな」

光流はそれを聞いて下唇を噛んだ。泣き出すのを懸命に堪えるかのように。

それを見て、子どもの頃のことを思い出した。泣き虫と和馬にからかわれるのを嫌がって、光流は泣きそうになるといつもこんな顔をして耐えていた。転んでひどく足

をぶつけた時。勝てるはずだった試合を、思わぬミスで逃した時。

だけど、いつの間にかこの顔を見なくなった。それはいつからだろう……。

そんな感慨を振り切るように、和馬は更衣室から急いで出て行った。これ以上いると、感情を抑えきれなくなりそうだ。アメリカなんか行くな、と叫んでしまいそうだった。

光流にはスポンサーがついている。日本スケート連盟も強力に後押ししている。コーチ変更にあたっては、そうしたおとなの思惑がいろいろ働いたのだ、ということは和馬にも想像することができた。世界ジュニアで優勝したという絶好のタイミングで発表しよう、というのも、いかにもマネージメントに長けた人間の考えそうなことだ。

光流の母親はとても義理堅い。海外や遠方に試合に行くたびに、クラスメイトやクラブメイト全員に土産を買ってくるような人なのだ。和馬にも「いつも光流の面倒をみてくれてありがとう」と言っていた。面倒をみてもらってるのは、むしろ和馬の方だったのに。あの律儀な母親が、世話になっているコーチに無断で行動するということを、息子に許すはずがなかった。もし、彼女や光流の意思をちゃんと通すことができるならば。

光流はもうただのアマチュア選手ではない。自分の意思だけでは行動できないのだ。うすうす感じていたことだった。遅かれ早かれ、自分とは違う世界に行ってしまう。

それがこういうかたちであらわれた、それだけのことなのだ。

建物の外で、光流の母親が不安そうに立っているのを見た。目が合わないようにしながら、和馬はリンクの敷地から小走りに出て行った。そうしてしばらく歩き続け、リンクからすっかり遠ざかったと思った時、ふいに涙が出た。

こんな別れは想像していなかった。

もうちょっと同じ道を歩いていけると思っていた。でも、とっくに自分たちの道は分かれていた。自分だけがそれに気づいていなかったのだ。

涙がぼろぼろと頰を伝った。そして、しばらく動けなかった。


あれから何年経っただろう。五年？　六年？

その年に光流はジュニアからシニアに上がり、シーズン最後の四大陸選手権でメダルを獲ったものの、翌シーズンは怪我で世界選手権の代表を逃し、五輪代表にも選ばれなかった。だが、その頃から光流の容姿が女性ファンの間で騒がれ始め、銀盤の王子などと呼ばれてファッション雑誌などでも取り上げられるようになった。成績も試合ごとに上向いて、日本では絶対王者と並んでツートップと言われるようになった。世界選手権でも昨年は三位、そして今年は優勝と、結果を出している。五輪でも、金メダル候補の筆頭と言われている。人気と実力を兼ね備えた、文字通り日本の若きエースなのだ。

一方、自分は前と変わらない。日本のどこにでもいる、ありふれたスケーターだ。この差はなんなのだろう。そこまで、才能や努力に差があったのだろうか。

「さあ、行こうか」

コーチの声を聞いて、和馬は我に返った。

気づけば、光流たちの姿はホームから消えていた。

和馬は立ち上がる。ビニールのレインカバーを装着した足を踏みしめながら、コーチの後に続いた。

9

見栄張って、スニーカーで来るんじゃなかった。長野に着いて五分もしないうちに将人は後悔し始めていた。

地面にめりこむ靴の隙間に、雪が入り込む。防水のスニーカーでも意味をなさない。

昨日から降り始めたという雪は、一晩で辺りを銀世界に変えた。積雪三十センチは超えているだろう。美しい、と喜んだのは、駅の中にいた数分だけ。歩き出すとすぐに後悔した。いっしょにいる後輩の女子ふたりは、しっかりレインシューズを履いており、ざくざくと楽しげに雪を踏みしめている。

駅前のデパートでレインシューズを買おうかな。でも、その出費は痛いよな。

バス停からほんの数十メートルの間、何度も雪に足を取られそうになりながら、ようやくリンクの隣にある建物に辿りつく。こちらは、マスコミ関係者のために用意されたプレスルームだ。受付で手続きをすませてマスコミ関係者用のパスをもらうと、室内に入る。大きな会議室のような部屋で、三人掛けの机がずらりと並んでいる。部屋の隅にはその日のスケジュールや試合の結果が、ホワイトボードにべたべた貼ってある。すでに何人もの記者が席に座ってノートパソコンを広げ、何か打ち込んでいる。今朝の公式練習についてのレポートでも書いているのだろう。

「あ、おはよう」

顔見知りの他校の記者を見つけて挨拶する。大学のスポーツ新聞の記者同士は交流があるし、同じ種目の担当とは顔を合わせる機会も多い。

「おはよう」

フィギュアも全日本選手権ともなると、ほとんどがプロの新聞記者や雑誌記者ばかりだ。大学生の記者は肩身が狭い。同じ立場の学生記者を見つけると、ほっとする。

ほんとはアマチュアの大会だし、同じ大学の学生が出ているんだから、俺たちがこそこそする必要はない。

ていうか、むしろ俺たちこそ主役じゃねえの？　俺らの仲間を取材しに来てるんだからさ。赤の他人のマスコミとは訳が違う。

と思うが、プロの記者連中のガツガツした感じにはかなわない。合同記者会見でも、自分たちがもたもた質問していると、後ろから突き飛ばされそうな勢いだ。

「いま着いたんですか？」

「はい。ホテルに荷物置いて、すぐに来ました」

など、たわいのない話をしながら、彼らの後ろの席を取る。席はどこに座ってもいいのだが、気後れして、隅の方にしてしまう。

「僕ら、夜行バスで来たので、朝一番の公式練習から観てました。おたくの伏見選手、調子よさそうでしたよ。四回転も何回か決めてました」

他校の記者が教えてくれる。

伏見和馬か。

ショートを観ただけなら、そう思うだろうな。フリーもあれくらい滑れたらなあ。

そんなことを考えながら、将人は荷物から年季の入ったノートパソコンを出す。大学入学以来、ずっと記事を書いてきたパソコンだ。あちこち運び歩いたので、さすがにくたびれている。

初任給がもらえたら、新しいのに買い替えるかな。それとも、ボーナスまで待たなきゃ無理かな。

「先輩、私たち、先にリンクに行ってます」

後輩たちは、間もなく始まるペアの競技も観るつもりだ。ペアには自分の大学からは選手が出ていないので、将人はパスするつもりである。ローカルの試合と違って暖房は効いているが、狭い会場の座席にずっと座っているのはなかなか疲れる。取材に関係ない試合は観ない主義の自分と違って、後輩たちはスケートファンだから、なるべくたくさん観たいのだ。

他校の記者も気づいたらいなくなっている。

そうか、彼らの学校からはペアにも選手が出ていたっけ。

手持無沙汰だが、まわりにいる記者たちは仕事の緊張感を漂わせている。ひとりリラックスしているわけにもいかず、将人もパソコンを起ち上げ、仕事をしているふりをする。

なんか、ネットサーフィンでもするかな。

「あれ、きみ、来てたの？」

ふいに声がして、目をあげる。記者らしき三十代の男が目の前に立っていた。冬だというのに日に焼けて真っ黒な顔をしている。

「あっ」

思わず立ち上がって、深くお辞儀する。

「先日はたいへんお世話になりました！」

大学の先輩の間島耕一《まじまこういち》だった。本命の会社に勤めているので、話を聞きに行ったのだ。

「いやいや、丁寧なお礼状をもらって、感心したよ。無事、うちに入社が決まったんだって？」

「はい。来年の春からお世話になります」

「そうか。じゃあ、もしかしたらうちの部署に来るかもしれないな」

スポーツ系の雑誌を多く出している出版社だった。ここに入るために、将人は部活を頑張ってきた、と言えないことはない。

「間島さんのところはフィギュア雑誌も出してましたっけ？」

「五輪前だから、特集号を出すことになったんだ。フィギュアは俺もあんまり得意じゃないんだが、いまは川瀬光流を出すと雑誌が売れるんでね」

雑誌が売れない時代にもかかわらず、人気選手の記事さえ載っていればフィギュアファンはよく買ってくれる。ほかのスポーツや芸能に比べて選手の露出が限られている分、雑誌は貴重な情報源なのだ。と言っても、いまだに月刊誌は存在しておらず、試合の集中する冬を中心に、不定期に出されるものばかりなのだが。

「でも、いろんな雑誌で川瀬光流の特集をしているから、差別化がたいへんでしょう？」

「そうなんだよ。報道という体裁を取っているから、使える写真は試合絡みのものばかりだし、インタビューもなかなか個別には対応してくれないから、ほんとたいへんだよ」

写真集と違って報道の範囲であれば、選手にお金を支払う必要はない。だからどの雑誌もそういう体裁を取ってはいたが、実際は川瀬の写真集と変わらないようなものも多く存在している。しっかりしたエージェントがついていれば、出版社はそんな好き勝手ができないのだが、川瀬にはエージェントはついていなかった。

「こっちにはいつ入られたんですか？」

「昨日の早朝から。男子の公式練習が十一時ごろからだったんでね。年末で忙しいのに、ずっとこっちに張りついているのはたいへんだよ。仕事も詰まっているし、クリスマスもこっちだから、嫁が不機嫌でね」

そう言えば、間島は新婚だったはずだ。初めてのクリスマスに期待していた奥さんは、さぞ怒っただろうな。

俺だって、彼女がいたら、こんな時期の取材は断っていたと思う。

「きみがもうちょっと早く入社していたら、手伝ってもらえたのに、残念だよ」

そう言い残して、間島はリンクの方に向かって行った。

将人はほおっと大きく息を吐いた。

やれやれ、就職先の先輩とこんなところで顔を合わせるとは。

試合中、これから何度も会うことになるだろう。そうなると、あまりだらだらしたところは見せられないな。

将人は背筋を伸ばしてパソコンに向き合った。いかにも仕事している風を装ってはみるが、まだ記事にできるようなことはひとつも取材していない。

仕方なく、間島が書いたという記事を検索してみた。

それはすぐに見つかった。

『五輪の代表に選ばれるのは誰か。今日から決戦が始まる』

公式練習の状況をレポートしているが、すべて上位選手についてのことばかりだ。世間では五輪代表が誰になるか、ということに興味が集中している。今年の全日本はその予選という位置づけでしかない。

出場選手の大半はそういうことには関係なく、これが年間通して、いやスケート人生でも一番大きな試合なんだけどな。うちの連中はみんな、ここといいインカレでいい結果を出すために、頑張っているようなものなのに。彼らの存在はないも同然だ。

全日本選手権と言いながら、上の方ばかりしか注目しないのはどうなんだろう。相撲や高校野球なら、全試合テレビで放送したりするのに。

　間島の記事は、やはり川瀬光流について多く割かれている。昨日今日と練習では、四回転三種類をクリーンに下りるなど、絶好調のようだ。シーズン序盤では苦戦していたフリーの『未完成交響曲』も、滑り込んできたのでかなりよくなっているらしい。

『未完成』か。やっぱりこの曲が和馬と被ったっていうのは不思議だ。和馬は確か恩師が滑った曲だから、と言ってたっけ。川瀬には何か理由があるのかな。インタビューでは、好きな曲と言ってるけど、本当にそれだけなのか。逆に、それ以上の理由を言わないところが、なんとなく怪しい。振付師に薦められたのでなければ、なんらかの理由があるだろうに。

　そういえば、川瀬光流って、俺や和馬と同じ年だっけな。

　ふと気がついた。

　出身はどこなんだろう。東京だっけ？

　川瀬については、アメリカでの練習拠点やジャクソンコーチとの関係についての報道はよく目にする。しかし、日本にいた頃はどこで何をしていたのか、ほとんど紹介されることはない。家族や友人が紹介されたこともなかった気がする。

　アイドルと同じで、プライベートな取材は厳禁なんだろうか。実際、川瀬のことはスケート選手というより、アイドルと勘違いしている人間も多いしなあ。

なにげなくウィキペディアで川瀬光流の項目を開いてみる。人気選手なので記事も詳細だ。

ふとその記事から「伏見和馬」という名前が目に飛び込んでくる。

あれ？　和馬と何か繋がりがあったっけ。

『九歳からアメリカに渡る十六歳までは、Hスケートリンクの柏木豊コーチに師事。同じクラブにいた伏見和馬と、ノービスからジュニアに掛けては切磋琢磨して練習する。当時のインタビューでは、お互いのことを「よきライバル」と語っていた』

えっ、和馬と同じコーチについていたの？

じゃあ、川瀬が『未完成』を選んだのも、和馬と同じ理由？

和馬は最後のシーズンだから、これを選んだ、と言っていた。川瀬も五輪シーズンだから、あえてこれにしたのか。

なるほど、それでこの曲なのか。

いい話じゃん。恩師の滑っていた曲を、教え子ふたりが受け継ぐっていうのは。

なのに、どうしてそれを語らないのだろう。和馬にしても川瀬のことを語らないし、柏木コーチも語ることはない。それはどうも不自然だ。

ウィキペディアの記事には、そこまでの説明は書いていない。『世界ジュニアで優勝した後、新天地を求めてデビット・ジャクソンコーチのいるアメリカ・ロサンゼルスのNクラブに移る』と、記されているだけだ。

今度は『川瀬光流　柏木コーチ』と入れて、検索してみた。すると、いくつかの記事にヒットする。大半はファンのブログだったが、一番上にヒットしたのは、女性週刊誌の記事だった。

『川瀬光流、アメリカ留学と土下座事件』というタイトルの記事になっている。それを読むと、留学は川瀬本人の意思ではなく、さらなる成長を願う両親やスポンサーの思惑で決まったこと。さらに、新コーチとの間を取り持った関係者の強い意向で、秘密裏に移籍話が進められたこと。そのため、柏木コーチがこの話を知ったのは記者会見があってから。その晩挨拶に出向いた川瀬に、柏木コーチが激怒。川瀬が土下座して謝罪したが、聞き入れてもらえなかったという。

そして、それ以降柏木コーチは一切川瀬の話をしないし、インタビューも受けつけない、ということだ。

更衣室でみんなの前で土下座した、とか、川瀬が『僕はアメリカには行きたくないんです』と泣きながら言ったとか、生々しい描写も入っているが、どこまで本当なのだろうか。『地元では有名な話』となっているが、つまりは誰かが証言したのではなく、噂話の域を出ない、ということだ。ネタもとが女性週刊誌だし、すべてが真実とは言い切れない。

なんにしても、あまりいい別れ方ではなかったのだろう。その後、柏木コーチが川瀬光流のことを語らない、ということは事実のようだから。

でも、だからこそ、の『未完成交響曲』なのだろうか。かつての恩師に対しての贖《しょく》罪《ざい》の意味なのだろうか。

そういえば、川瀬がこれを滑ると知った時、和馬はひどく動揺していたな。

知りたい、という気持ちがむくむくと将人の中に沸き起こってくる。自分の憶測が事実かどうか、確かめたい。

まだ俺は卵だけど、これが記者魂ってやつだろうか。

もしかすると、和馬も川瀬もあまり話したくないのかもしれないけど、隠すことはないだろう。むしろ美談じゃないか。自分を育ててくれたコーチへこういう形で恩返しするっていうのは。

将人には、それを知った時の新聞やテレビの反応が見えるようだった。

六年後の恩返し。

教え子たちが完結させる『未完成交響曲』。

そんな見出しが躍るだろう。彼らは川瀬についての新しいネタを、喉から手が出るほど欲しがっている。いまや、テレビで視聴率が稼げるのは、絶対王者ではなく川瀬だから。ＳＮＳでも、川瀬のちょっとした言動があれこれ話題になる。これは、なかなかの大ネタに違いない。

そうだ。間島さんにこれを伝えたら、喜ばれるかな。昔の報道写真を探せば、ジュニア時代柏木コーチと川瀬がいっしょに写った写真もあるはずだ。何ページかの記事を作れるんじゃないか。

前方の記者が急に立ち上がったので、将人ははっと我に返った。気がつけば、そろそろ男子ショートが始まる時間だ。将人は慌てて取材の用意をする。ペンとノートとICレコーダーを持って、小走りにプレスルームを出て行った。

関係者用の出入口から、すぐ隣にあるリンクへ入って行く。廊下はざわざわと人が溢れている。パンフレット売り場の前に人が集まっていた。廊下からリンクへ通じる扉を開けた。リンク上で製氷している製氷車が目に入る。一般の席は完売だそうだが、プレス関係者は、決められたブロックで自由に観ることができる。そのあたりに目を走らせると、真ん中やや後ろの方に、後輩たちが座っているのに気がついた。そちら目指して階段を下りて行こうとすると、下から見慣れた顔が上がってくるのに気がついた。相手も気がついて、にっこり笑い掛けてくる。

「あれ？　鍋島さん、こんなところで？」

プレス関係者席と通路を隔てて反対側はシャペロン席となっていた。選手の付き添いや関係者専用の座席だ。

「チケット取れなくて困っていたら、伏見くんが譲ってくれたの。ご家族がお仕事で来られないから余っているって」

ずきん、と胸が痛んだ。自分でも驚くほどショックを受けている。

わざわざチケットを渡す。

つまり、自分の演技を観てほしいってことじゃないか。

「井手くんは取材なの？」

「そうだよ」

「じゃあ、たいへんね。頑張ってね」

鍋島は晴れやかな笑顔のまま去って行った。鬱屈した想いを抱えたまま、将人はしばらく階段に立ち尽くしていた。

10

「第三グループの選手たちは練習を開始してください。練習時間は六分間です」

アナウンスと同時に拍手が巻き起こる。同じ大学の黒田とOBの芹沢が我先にと、飛び出して行った。和馬はゆっくりとリンクの中へと入って行く。

第三グループの滑走で、客席は人が増えてきた。八割くらいは着席しているだろうか。オリンピックにも使われた競技場なので、観客席はずっと上の方まで広がっている。そして、その一番上の方にも人が座っている。

「第三グループの滑走順をお知らせします。十三番黒田克哉《かつや》さん。M大学」

うわーっと歓声が起こる。

全日本だなあ。

和馬は感嘆の溜息が出る。

客席の数は、東日本の会場の五倍くらいはありそうだ。

これほど大きな会場で、これほど多くの人が観る中で滑るのは、俺たちにとっては全日本だけだ。俺たちはここを目指して頑張ってきたんだ。

氷はよく整備されていて、硬すぎず柔らかすぎず、自分の好きな感触だ。中央でも端でも、状態にほとんど差はない。この日のために、氷に手を掛けてきたのだ、とわかる。

「十四番芹沢貴史さん。M大学」

和馬は身震いする。

いかん、緊張してきそうだ。

目の前をさっと芹沢が滑っていく。それに黒田も続く。

大丈夫、いっしょに滑っている半分はうちの大学の関係者だ。それ以外の連中も、試合でよく顔を合わせるやつらばかりじゃないか。

やつらがちゃんと滑っているのに、俺だけ緊張してるわけにはいかない。

「十五番伏見和馬さん。M大学」。

和馬はスピードを上げた。ひとりふたり、と前を滑る選手を抜いて行く。風が頬を撫でて行く。

全日本でもどこでも、リンクの上には風が吹く。そこで滑った者にしかわからない、自分で起こす風が。

そう、観客なんて関係ない。ふだんどおりの滑りをするだけだ。

そうしてジャンプの体勢に入ろうとした時、すぐ後ろで大きな拍手が起こった。つい振り向くと、芹沢がジャンプを決めたところらしい。

「貴ちゃーん」

と、声が掛かっている。このグループの中では、芹沢はダントツで人気がある。

和馬はジャンプをやめて滑走に戻る。

やっぱり拍手の大きさが違うな。

和馬は客席に目をやる。

この中に、俺のために応援してくれる人はどれくらいいるだろう。

光流目当てでも、俺のことを少しは気に掛けてくれるのだろうか。

いや、少なくとも佳澄は俺のことを観てくれるだろう。俺を一番に応援してくれるだろう。そのためにチケットを渡したのだから。

麻耶もチケットを欲しがった。しかし、渡す気にはならなかった。東日本選手権の日、池端や何人かの友人と東京ディズニーランドに遊びに行ってた、ということを池端から聞いたのだ。

高校時代の友人と旅行する、というのは嘘だった。

嘘を吐かれたというのはショックだった。だが、ぼんやりとそういうことではないか、と予想している自分がいた。スケートに復帰してからは忙しくてなかなか会えないこともあったが、いい雰囲気になっても麻耶はそれ以上距離を縮めようとはしなかった。和馬が踏み込もうとすると、さりげなくかわす。よいお友だち以上の関係になる気はないという麻耶の想いを、薄々和馬も感じてはいた。

麻耶は自分のことではなく、自分を通して光流のことを知りたかっただけなのだろう。その話題になると、麻耶は途端に目を輝かすのだ。まるで好きなアイドルのことを話す熱烈なファンのように。

だから、東日本選手権の応援に来てくれた佳澄に、チケットを渡すと告げたのだ。

少なくとも、彼女は自分に関心を持ってくれる。それに、自分だけじゃなく、ほかの大学の仲間の応援もしてくれる。

自分や仲間たちも最後となるかもしれない全日本。佳澄には見守ってほしい。

それを告げた時の嬉しそうな彼女の顔を思い浮かべるだけで、和馬はこころが温かくなる思いだ。頰を上気させて、一生懸命お礼を言う佳澄を見て「こんなにきれいな子だったっけ」と、思わず見惚《みと》れた。

佳澄の前で、いい演技をしたい。

優勝とか、高いところに届かなくても、彼女なら自分の頑張りをわかってくれる。彼女自身がこの四年、氷の上で自分の限界と戦ってきたのだから。

周囲に人がいないことを確認して、和馬は助走に入った。バックの体勢から跳ぶ直前に振り向いて氷を蹴る。

トリプルアクセルだ。

やや苦手なジャンプで、少し軸が曲がったが、強引に着地に持っていく。

怪我をしてよかったことは、リハビリの過程で体幹が鍛えられたことだ。おかげで回転の時身体を締める動作が前より楽になった。

「わっ」と歓声が起こり、いままで一番大きな拍手が沸き起こった。

よし、と小さくガッツポーズを取る。

幸先いい。ジャンプが三つとも決まれば、かなり上位に行けるだろう。トップ選手はショートでも四回転を二回入れたりもするが、フリーの第三グループを目指すだけなら、そこまでは求められない。ショートプログラムで要求されるジャンプの課題、二回転以上のアクセルジャンプ、三回転もしくは四回転を含むコンビネーションジャンプ、三回転以上のジャンプの三つをきっちりこなせば、トップテン圏内を目指せる。逆にどれかひとつでもミスすると、点数が伸びない。ジャンプは配点が高いだけに、リカバリーが難しいのだ。そして、全日本の緊張感か、ショートでミスする選手は少なくない。ジャンプの難易度よりも、ミスするかしないかで決まる部分が大きい。

だから、ショートではよけいなことを考えず、慎重に滑ることが大事だ。

かといって、慎重になりすぎると、萎縮してジャンプを失敗する。跳び上がる瞬間の、ほんのちょっとした力の入れ具合や身体の角度で、ジャンプの成否は決まってしまうのだ。

自分に集中して、ふだんどおりやる。

無理はしない。そのために、ジャンプの難易度も下げたのだ。

コンビネーションは三回転サルコウと三回転ループ。

これもまあまあだ。

一般的には、コンビネーションの二番目につけるのはトウループだが、自分はループの方がやりやすい。配点もそちらの方が高いので、ループをつけている。

そうして、ステップから単独のジャンプを跳ぶ。

これはフリップ・ジャンプだ。

ルッツの方が得点は高いのだが、エッジエラーを取られることもある。だから、ルッツよりも自信を持って跳べるフリップにしたのだ。

とにかく正確に。それが柏木コーチのアドバイスである。それでも、アクセルさえ失敗しなければ、六十五点は行くだろう。それだけ取れれば、フリーで第三滑走の中に入れるはずだ。

ジャンプを一度ずつ跳んだあとは、スピンとステップをさらりと復習する。調子がよくても悪くても、ショートの前の六分間練習では一度しかジャンプは跳ばない。和馬はそう決めていた。

「練習時間終了です。選手のみなさんはリンクサイドにお上がりください」

場内放送がタイムアップを告げる。ざわざわしていた観客が、次第に静まってゆく。

そして、演技が始まる前の緊張感が高まってくる。

リンクに残ったのは、同じ大学の黒田だ。塀越しに、コーチと何か会話している。

がんば、と声を掛けたい気持ちだが、ぐっと堪える。

人を応援している場合じゃねえ。

黒田の後は、先輩の芹沢だ。同じ大学の関係者が三人連続で演技する。第一滑走から第三滑走だが、おかげで緊張感が薄らいでいる。

まるで関カレみたいだな。

いや、関カレには先輩は出られないから、夏の合宿か。

曲が鳴り始めたが、和馬はリンクに背を向けてバックヤードへと入って行く。ここは関係者しか入れないエリアだが、テレビ関係者はうろついている。自分たちではなく、有名選手が現れるのを待っているのだろう。こちらにカメラを向けることはない。ショートの放送は何時から始まるのだろう。第四グループからだと、七時は過ぎるだろうな。

コーチから差し出されたイヤホンを耳に当てる。ｉＰｏｄに録音した音楽を聴くためだ。

ほかの選手の試合中はその演技を見ないようにする。採点結果なども耳に入らないようにイヤホンの音楽で遮断する。和馬に限らず、ほとんどの選手が同じことをする。大きな大会になればなるほど、選手たちは精神的に動揺しかねない要素を少しでも排除しようと思うのだ。

だから、選手たちは必然的にイヤホンに詳しくなる。金のあるやつは自分の耳の形に合わせた特注品を持っているって話だし。みんなあまり趣味に時間を費やすことができないから、こういう部分で発散させるんだろうな。

三人目なので、出番まで十分ほど。スケート靴を脱ぐほどの時間はない。

「調子よさそうだな」

そう言いながら、コーチがティッシュケースを差し出した。イヤホンをしているので、はっきりとは聞き取れないが、口の形でなんとなく想像ができた。

「はい。まあまあだと思います」

ティッシュケースには真新しいカバーが掛かっている。最初にこれをつけたケースを差し出した時、コーチはあれ、と思ったようだが、何も言わなかった。

長野に来る前日、佳澄は和馬の練習するスケートリンクに訪ねてきた。そして、「チケットのお礼に」と、勝負事に強いという神社のお守りとティッシュケースのカバーをくれた。照れくさそうな顔をしながら、

「もしよければ、試合の時にも使ってね」

と、渡された。箱入りのティッシュは、スケート選手には欠かせないものだ。寒いリンクに立っていると、鼻をかまずにはいられないのだ。どの選手も、練習の時や試合会場に持ち込んでいる。ほかの人のものと間違えないようにカバーを掛ける選手も多いが、それまで和馬は箱に直接マジックで名前を書いていた。いちいちつけかえる

のが面倒だ、と思っていたのだ。

「これって、もしかして手作り?」

紺の布地に、スケート靴の刺繍《ししゅう》が施してあるシンプルなものだった。男が持っていても恥ずかしくないような作りになっている。

「ええ、手作りってどうかな、と思って市販のを探したのだけど、なかなかいいのがなくて。花柄かキャラクターものばかりだし。……もしダサいと思ったら、使わなくてもいいからね」

佳澄はいつものように、こちらの負担にならないような言い方をする。

「いや、すごくいいよ。ありがとう。全日本の時も使わせてもらうよ」

そう返事すると、真っ赤になって照れていた佳澄。

かわいいな、と思っている自分がいる。

そして、その時の温かい気持ちが、自分を奮い立たせる。

大丈夫、ちゃんとうまくできる。

和馬は自分にそう言い聞かせていた。

「そろそろ行くぞ」

柏木コーチの合図で、和馬はリンクサイドに出る。ふとリンクの中の芹沢が目に入る。芹沢は茶色の服装をしている。一見、全身タイツのように見えるが、ウエストのところで切り替えがある。頭部もちゃんと露出している、ショートの曲は『ジェヴォーダンの獣』という映画のサントラだ。映画に出てくる獣をイメージしたものらしい。靴も茶色のタイツで覆っている。いかにも、芹沢先輩らしい。よくまあ、あんなぴったりした衣装で滑ることができるな。思わず演技を見入ってしまいそうになり、慌てて目を逸らす。

いかんいかん、集中、集中。

目を瞑《つぶ》って、ショートを滑る自分をイメージする。六分間練習の時のように、アクセルがクリーンに決まる。観客席がわあっと沸く。

柏木コーチに背中を叩かれて、はっとした。聞こえていた拍手は脳内のイメージではなく、演技の終わった芹沢に向けられたものだった。

「和馬、出番だ」

芹沢がキス&クライに向かう。入れ替わりに和馬は氷の上に立つ。もちろんイヤホンは外している。

和馬の今日の衣装は白いシャツに濃紺のチョッキ、黒のパンツ、という感じだ。昔からあまり派手な衣装は着ない。選手の母親が既製品にスパンコールをつけたり、一から手作りしたりすることも多いが、和馬の母親はそんなに手を掛けてはくれなかった。なので、既製品をそのまま着たりしていたが、今回は、見兼ねた近所の洋品店のおばさんが、既製品に少し手を掛けてくれた。

「全日本に出られるなんて、すごいじゃない」

幼い頃から和馬のことをよく知っているおばさんである。チョッキに縁どりをし、ビーズとラインストーンを縫いつけてくれた。それだけでも、和馬としたらずいぶん派手になったと思う。

拍手が続いている。先輩、いい演技だったんだろうな、と思う。

次の選手が氷に乗っても、名前を呼ばれるまでは前の選手の時間だ。それをわきまえた観客たちも、まだ和馬の名前を叫ばない。

「芹沢さんの得点は六四・二五。ただいまの順位は第一位です」

どっと歓声が起こり、拍手になった。なかなかいい数字だ。

直前の選手の得点については、耳をふさぎようもない。だけど、相手が芹沢先輩なので、いい得点でも素直に嬉しい。

おめでとう、芹沢先輩。

俺も先輩に続きます。

「十五番、伏見和馬選手。M大学」

やっと名前がコールされた。

柏木コーチが和馬の肩に手を置いて言う。

「この半年、地味な練習にもよく耐えた。自信を持っていい。いまの和馬は怪我する前より確実に進歩している」

柏木コーチの言葉に胸が熱くなる。

「さあ、それを観客に見せつけるんだ」

ぱん、と背中を押されて、和馬はリンクの中央に出て行く。

「和馬ー、がんば」

「和馬ー」

野太い声と甲高い声と同じくらいの声援が聞こえる。

やっぱり大きい。ほかの大会とはけた違いに声援が多い。

これが全部自分に向けられているんだ、と思うと、身震いするような感動がある。

この広いどこかに、佳澄もいるんだろうか。

ほおぅと大きく息を吐いて、中央の場所に構えた。右手を上げ、左手を背中に回す。

右手は理想を追い求め、左手は無情な現実に搦《から》め取られる、そういう姿だ、と振付をしてくれた梨本《なしもと》先生は語っていた。

会場にトランペットのファンファーレが鳴り響く。『ラ・マンチャの男』の冒頭だ。

もう何百回と聴いた曲だが、音の反響がいままでより大きく感じる。

メロディーが始まると、自然に身体が動き出す。この曲は、大学二年の全日本で滑るはずの曲だった。その時から滑りやすい曲だと思っていたが、休んでいる間に、映画の『ラ・マンチャの男』をレンタルでＤＶＤを借りて観た。一度ではうまく理解できなくて、二度三度繰り返して観て、ようやく自分の中で腑《ふ》に落ちた。

　理想を追い求めることの難しさ。現実のしがらみや惰性に流されることなく、理想に生きる強さ、純粋さ。

　ドン・キホーテの滑稽なほどの理想主義が、まわりの人のこころを動かしていく。それを作り上げたセルバンテス自身のこころさえ。

　その物語は、いまの自分にはよく理解できた。セルバンテスほど切羽詰まった状況ではないが、スケートを続けたいという気持ちと、就活もやらなければ、という現実に引き裂かれる想いがあったから。

　結局、就活はやめた。もし、ここでやれるだけのことをやった、と思わなければ、自分の中で悔いが残ると思ったのだ。スケートも就活も、結局中途半端に終わると思ったのだ。それが無謀な決断だったとしても、突き進むしかない。

　最初のジャンプ、アクセル。

　きれいに決まった。

　よし、まずは第一ミッション成功。

親は怒るか、と思ったが、そうではなかった。

「あんたは言い出したら聞かないんだから」

と、溜息交じりに認めてくれた。怪我から復帰してからの頑張りが、親の気持ちを動かしたのだ。自分が本気で頑張れば、理解してくれる人はいる。親であればなおのこと。

ステップの間にマイムが入る。

いろんな雑音、嘲笑、罵倒。

それを一笑に付する主人公。自信を持って、我が道を行く。

二番目はコンビネーションジャンプ。

掲げる理想を見せつけるかのように、自信を持って跳びなさい。

そう梨本先生は言っていた。

スピンが入る。

ひとつひとつの技は、主人公がまわりを巻き込む手段。まわりに見せつけるように、ひとつひとつ派手に決めていくのだ。

と、メロディーが変わって、甘い調子になる。

まわりの人々も、次第に主人公に魅了され、理解するようになっていく。束《つか》の間の穏やかな時間。

ここで騎士のように花を掲げて女性に渡すポーズをする。

この部分はプログラムの中で少し休憩の取れる時間だ。マイムの間に少し息を吐くと、再び音楽が替わり、メインテーマに戻る。そして、演技も終盤だ。主人公を襲う危機。離れてゆくまわりの気持ち。

ここで最後のフリップジャンプを跳び、息吐く間もなく、複雑なステップになる。ここここそ、大事な部分。主人公の最後の苦しみ、ぶつかりあう気持ち。

終盤のステップは苦しい。足も疲れ始めている。

右モホーク、後ろにクロス、ツイズル、ループ、左チョクトー……。

拍手が起こる。苦しい背中を後押しするように。

あと少し。ちゃんと滑りきってみせる。

スリーターン、ブラケット、後ろにクロス、右カウンター……。

これは俺のための曲。俺が誰よりうまく滑ることのできるプログラムだから。

苦しいまま、最後のキャメルスピン。うまくエッジに乗れた。速度が上がってゆく。

そしてアップライトの姿勢に移り、息を止めたまま高速で回転してフィニッシュ。

途端に、どっと客席が沸いた。いままで聞いたこともないようなどよめきだ。

えっ、と和馬は驚いて顔を上げた。スタンドでは大勢の観客が立ち始めている。

そうか、俺、ノーミスしたんだ。

演技中は音楽に集中して、どんなふうに滑ったか、はっきりわかっていなかった。

自分の名前のバナーを振っている人、立ち上がって手を振っている人。リンクに向かって花束やプレゼントを投げ込む人もいる。

こんなに大勢の人たちが、自分の演技を称えてくれる。

全身に鳥肌の立つ思いだ。

そうだ。この瞬間のために、俺は苦しい練習に耐えてきたんだ。

この全日本という試合で、観客に祝福をされるために。

まずはジャッジ側に、それから振り向いて反対側に。そしてショートサイドにもそれぞれお辞儀する。

拍手はなかなか鳴り止まない。足元の花束をひとつ拾って観客に手を振った。そのままリンクサイドに行くと、満面の笑みを浮かべた柏木コーチが待っていた。

「先生!」

「よかった、ほんとに」

コーチも感動したように目を潤ませている。コーチに抱きつきたい気持ちだったが、ぐっと堪えた。まだ早い。ショートが終わったばかりだ。

キス&クライで待つ間も、気持ちはずっと高ぶっていた。

点数が出る。七〇・七五。

驚いて数字を見直した。

予想以上の数字だ。自己ベストを大幅に更新している。

今度こそ堪えきれなくて、コーチに抱きついた。

「よくやった、ほんとによくやった」

コーチはそれを繰り返し、和馬を抱きしめたまま背中をぽんぽんと叩いた。

大きな歓声が起こっている。和馬はコーチから離れ、正面に向き直った。カメラが自分たちを捕らえている。

「みんなに挨拶したら」

先生に促されて立ち上がり、花束を持った手を大きく振った。拍手はそれに温かく応えていた。

その後しばらくはふわふわした気持ちのまま過ごした。バックヤードに行くと、取材陣が待ち構えて、インタビューをされた。いつもなら大学スポーツ新聞と、フィギュア専門誌の記者がひとりかふたりいるくらいなのに、今日は十人くらい集まっている。なぜかテレビカメラも回っている。

「いまの気持ちは？」

「自己ベストを更新しましたね。それについてのご感想は？」

「観客の人たちの応援は聞こえましたか？」

「明日の試合の目標は？」

　ありきたりな質問ばかりだ。ショートが無事に終わった。それだけでこちらは気持ちがいっぱいだ。いちいち言葉で説明できるような状況ではない。

　だが、カメラも回っているし、何かしらしゃべらなければならないようだ。一生懸命言葉を絞り出し、なんとか取材を終えた。

　その後、更衣室に戻ると、黒田と芹沢先輩がいた。

「よお」

　と、互いにハイタッチをする。

「おまえ、すごいな。七十点超えかよ」

「先輩も高得点じゃないですか」

「あれ、聞こえていた？」

「もちろん。すぐ後でしたから。ところで黒田はどうだった？」

「俺は六一・〇三。フリーには進めそうでほっとしたよ」

「三人連続って順番はよかったな。おまえらにみっともないところは見せられないって、気合が入ったよ」

　興奮してしゃべっていると、誰かが入ってきた。三人同時に振り返ると、そこには川瀬光流がいた。さすがに、更衣室におつきの人はついて来ない。だが、入ってきた瞬間、更衣室の空気が変わった、と和馬は思った。それほど光流のまわりには緊迫した空気が漂っている。

駅で見掛けた時はそうではなかった。

光流は戦闘態勢に入っている。

同じことを、ほかのふたりも感じたのだろう。自然と黙り込んでいた。

光流がこちらに視線を向けた。和馬と目が合う。

しかし、話ができる雰囲気ではなかった。和馬は小さく頭を下げた。

光流は三人に軽く会釈すると、隅の方のロッカーに行き、自分の荷物を入れた。そして黙ったまま着替えを始める。三人も、ほかの選手たちも、それをただ遠巻きに眺めていた。

自分の出番が終わると、後はとくにやることもない。だが、順位が気になるし、終わった後に翌日の滑走順の抽選もあるので、三人はそのまま残っている。演技の終わったほかのM大生も集まってきて、バックヤードでテレビを観ていた。

「おい、このままだと、おまえもしかするともしかするかも、だぞ」

芹沢先輩が和馬に声を掛けた。

「なんのことですか？」

「このまま行けば、おまえ、フリーで最終グループに残れるかもしれない」

「いや、まさか」

「いまのところ、おまえの順位は二位。これから滑る第五グループで、ふたりお前の得点を下回ったら、六位に入れる」

「それはそうですけど、そんなの無理ですよ。ひとり滑るごとに順調に順位が落ちて、結果八位ってとこじゃないですか」

それでも、自分では上出来だと思っている。十二位を目指していたのだから。

そもそも、四回転もルッツもプログラムに入れていない自分が、ショートでトップ六に入れるとはとても思えない。

「そうとも言えないぞ。今年は怪我人が多くて、上位の選手が三人欠場しているだろ。いま残っている六人のうち四人はグランプリシリーズに出られるレベルだけど、あとふたりとはそこまで差はない。ミスをするかしないかで、決まってくる。ノーミスしたおまえが上回る可能性だってないわけじゃない」

「そんな都合よく行くわけないですよ」

和馬は笑い飛ばしたが、芹沢の読みは当たった。ひとりは四回転を失敗してシングルトウループになり、もうひとりはコンビネーションがすっぽ抜けて単独のジャンプになってしまった。その結果、僅差で和馬は六位に浮上した。

最終演技者の点数が出て、順位が確定すると、和馬は周囲から祝福を受けた。

「すげーじゃん、最終グループは確実にテレビに映るぞ。俺ら第三グループは、時間がないとカットされることもあるからなあ。うらやましいよ」

「親に連絡しておけよ、必ず観るように、って」

みんなは口々にそう言って祝福してくれるが、和馬は「お、おう」と、返事するのが精一杯だった。

肩のあたりがずっしり重くなった気がした。

最終グループ。光流や絶対王者といっしょということか。

彼らと比べられるのか、この俺が。

四回転一種類跳ぶのがやっとの俺が、シニアに上がってから初めて全日本に出る俺が、世界チャンピオンになるような連中と同じグループなのか。

和馬はショートの順位と得点を確認した。一位は光流。一〇一・〇七点、二位の神代琢也が九五・七七と、このふたりが図抜けている。自分と光流との差は三十一点もある。五位の選手でさえ、八二・二五と、十二点も差があるのだ。

三分間で終わるショートと違って、四分半のフリーではジャンプを八回も跳ばなければならない。ごまかしがきかないのだ。ショートでこれだけの差が開いているということは、フリーではもっと大きな差がつくだろう。

なのに、同じグループで滑るのか。テレビでも映されるなんて、恥をかくだけじゃないか。

浮かれていた気持ちからいきなり地に叩きつけられたようだ。

どうすればいいんだ、俺は。

和馬はただただ途方に暮れていた。

11

広い会場のそこここにある扉がふいに開いて、人が入ってきた。ぱらぱらと争うように小走りに、前の方へと進んでいる。

ああ、そうか。開場したんだな、と将人は気がついた。一般の観客が入ってきたのだ。

どうせなら、早朝の女子の有力選手の公式練習から観ようということで、自分たちは八時半頃に会場についていたが、すでに正面入口のところに列ができていた。それを後目《しりめ》に自分たちはマスコミ入場口から悠々と入ってきたのだ。

正式な開場時間は十二時半。女子が終わった後の男子の公式練習の最後の方だけは一般の観客も観ることができる。いま演技しているのは、最終グループの四番目、神代琢也だ。ファンのお目当てはこの神代か、その次に演技する川瀬光流だろう。これだけでも見たい、と熱心なファンが何時間も並んでいたのだ。

ファンってのはすごい熱意だな。公式練習を観るためだけに、四時間も五時間も雪の中、待っているんだから。

広い会場の座席が少しずつ埋まって行く。それまではマスコミ席や関係者席以外はがらんとしていたのに、期待に満ちた人々の熱意で活気づき始めている。

公式練習ったって、そんなにガチで滑るわけじゃないし、ここで調子がよくっても、本番がどうなるかはわからないのに、まあ、熱心なこと。

ファンでない将人は気楽に構えているが、ほかのマスコミの連中はファン同様、熱心だ。マスコミ席と、バックヤードを行ったり来たりしている。

試合当日の公式練習は、フリーで演技するグループごとに行う。順番に曲が掛けられ、それを滑る選手が真ん中の方で演技をする。その周囲を、同じグループの選手たちがてんでに練習している。だから、真ん中の選手も完璧な滑りができるわけではない。それに、試合前に疲れてしまわないように、面倒なステップはざっと流したり、ジャンプを省略したりする。また、曲を無視して気になる部分を繰り返し練習したりする選手もいる。

神代の演技が終わった。最後のポーズを取ると拍手が起こった。

次に中央に出てきたのは、川瀬光流だ。会場の熱気が一段上がったような気がする。彼を観たいがために、何時間も並んでいたのだろう。彼と、彼の前に滑った神代をほんの少し眺めるために。

川瀬は最初の四回転を決め、次の四回転のコンビネーションを決めると、後は適当に音楽を聴きながら、ところどころ曲に合わせて演技している。

調子よさそうだな。この分では、川瀬の二連覇は堅いだろう。この一年で、川瀬と神代の差が徐々に広がり始めているから。

川瀬の方は二週間前のグランプリファイナルで優勝している。ショートは歴代最高得点をマークした。五輪の金メダル候補の最有力と言われ始めている。一方、神代はシーズン前に右足を痛め、それが尾を引いている。調子があがらず、ファイナルの出場を逃している。その分、この全日本に懸ける想いは強いようだが、やはりショートでは川瀬が五点以上リードしている。それを逆転するのは難しいだろう。

どちらにしろ、観客のお目当てはこのふたりの頂上決戦だ。長く王者に君臨してきた神代にはファンも多い。古くからのファンが多く集まるこの全日本では、むしろ神代のファンの数の方が多いかもしれない。

将人は会場を見回した。そこここに選手の応援バナーが掲げられている。女子の有力選手の竹中朱里《たけなかしゅり》や城戸《きど》あかねのものも目立つが、神代と川瀬のバナーの圧倒的な数が他を凌駕《りょうが》する。数が多いだけでなく、似顔絵を入れたり、刺繍をしたりと、凝ったものも多い。

しかし、和馬もたいへんだ。この直後に滑ることになるなんて。

昨日の抽選会場で和馬を見掛けた。すでにガチガチに緊張しているようだった。

無理もない。第三グループに入ることを目標としてきたのだ。まさか最終グループで滑ることになるとは、夢にも思わなかっただろうから。

しかも、抽選で引き当てたのは二十四番。男子フリーの最終滑走者だ。ただでさえプレッシャーの掛かる順番なのに、直前は神代、川瀬の頂上決戦なんだから、誰だって逃げ出したくなる。

川瀬の演技が終わり、次の曲が掛かった。

会場に小さなどよめきが走る。オープニングが川瀬と同じメロディーだったから。

曲、間違っているんじゃない？

そんな風に観客は思ったのだろう。

だが、音は鳴りやまず、和馬が演技し始めたのを観て、観客のざわめきも静まって行った。

最初に四回転を跳ぶ。が、跳んだ瞬間、軸が曲がっていて失敗だ、とわかるジャンプだ。氷に叩きつけられて、ぶざまに転ぶ。すぐ立ち上がり、演技に戻る。

次はフリップとループのコンビネーションジャンプ。

これも失敗だ。ループでバランスを崩し、転倒する。

あーあ、気の毒に。これじゃまるで川瀬の引き立て役だわ。同じ曲で滑っているだけに、差が際立つ。

次のルッツジャンプは空中で身体が開いて一回転になった。

やれやれ。観客も観ている前でこれは辛いなあ。

その時、

「和馬、がんば！」

ひときわ澄んだ声が会場に響いた。

すぐ隣のブロックから叫んだようだ。

目をやると、声の主がわかった。鍋島佳澄だった。まだまばらな座席の真ん中で、ひとり座って、リンクを食い入るように眺めている。

鍋島は、和馬の応援のために、朝早くから並んだのだろうか。公式練習の、ほんの少しの時間を観るためだけに。

知りたくなかったたな。

将人は目を伏せた。リンクの上の和馬のことも、それ以上観られなかった。

「練習時間は終わりです。選手の皆さんはリンクサイドにおあがりください」

アナウンスが響いて、和馬はほっとした。わずか四十分の練習時間が途方もなく長く感じられた。最終グループの選手との練習は、いままで和馬が出場した試合のどれとも違っている。第一、スピードが違う。自分もスピードはある方だと思っていたが、みんなびゅんびゅんと高速で周回する。それにまず驚いた。そうして、練習で四回転をばんばん決める。もともと場違い、と思っていたのが、ますます萎縮してしまう。

それに、リンクサイドにはジャッジもマスコミ関係者も立っており、シャッターを切る音がばしばし聞こえる。テレビカメラも回っている。そのカメラの近さにも驚く。出入口のところに構えたカメラは、手で触《さわ》れるほどだ。

そういえば、公式練習の模様がネットで配信されるって話だったな。

すごいことだと思う。だが、ほかの選手たちはそういうことにも慣れているのだろう。平然とした顔で、自分のやるべき練習をこなしている。

俺、どうしてこんなところにいるんだろう。第三グループまでならついていける気がするが、ここは全然ついていけない。

第三グループは、同じ大学の堺とOBの芹沢が入っている。そこまでなら自分の知っている世界だ。だが、第四グループになると世界が違う。ここにいる連中は、スケートのエリート、みんな日本の外でも戦っている連中ばかりだ。三人欠場者がいなければ、俺が入り込む隙のない世界だったのだ。

そこで滑るというだけでプレッシャーが半端ないのに、よりによって神代と光流の直接対決の後だ。曲も光流と同じ『未完成』だから、悪目立ちすること間違いない。

これはいったい何の罰ゲームなのだろう。

恥をかくのが必至じゃないか。

最終グループで出場することになって、急遽テレビの取材を受けた。昨日のショートのテレビ放映でも、自分の演技が挟み込まれたという。二年のブランクを経て復帰、という感動エピソードとして紹介されたらしい。

いったい俺はどうすればいいんだ。いっそ放送が俺の前で切れてくれればいいのに。

「疲れたか?」

タオルを差し出しながら、柏木コーチが言う。

「顔色あんまりよくないぞ。夕べはちゃんと眠れたのか?」

「いえ、緊張してなかなか寝つけなくて……」

結局一睡もできなかった。いままでそんなことは初めてだった。メダルの懸かった全日本ジュニアの時でも、その頃出場した唯一の海外試合の前でも、そんなことはなかったのに。

「ゆうべ、何度も洗面所に行ってたもんな。そこで何していた?」

眠っているかと思ったが、コーチは気づいていたらしい。同室だったから、ごまかしようもない。

「メールチェックしたり、ネット見たりしてました」

部屋で電気を点《つ》けるとコーチを起こしてしまうので、洗面所に行って時間を潰した。

「眠れない時にそういうことをすると、ますます目が冴えるんだよ。スマートフォンの発するブルーライトには覚醒作用があるんだそうだ」

テレビに映ったということで、反響は大きかった。親はたいそう喜んでくれたが、それ以外にも、いろんなところからメールやメッセージが届いた。「まだフィギュア続けていたんだ」という小学校の同級生からの久しぶりのメールも交じっていた。その中に、麻耶からの連絡はなかった。予想していたとおりだ。

チケットはあげられない、と告げた時の麻耶のしらけた顔。

どうやらチケットがもらえなければ、自分の存在価値はなかったらしい。

「どうする？　ホテルに一度帰って、寝てくるか？」

柏木コーチが案ずるような顔で和馬を見ている。

「えっ、でも……」

いままで試合の途中にホテルに戻ったことはない。朝出掛けたら、試合が終わるまでは会場にいる。時間があれば、会場周辺をランニングしたり身体をほぐしたりしていた。

「いまから一時間後に女子ショートが始まり、男子フリーの開始は六時頃だ。さらに、和馬の出番は九時を過ぎる。いまからそんな調子じゃ、終わるまでもたないだろう」

「はあ……」

「俺が四時過ぎに迎えに行くから、それまでひとりで休んでいればいい」

全日本ではファンも多いから、うかつにロビーを歩くこともできない。バックヤードにはマスコミの人間もうろついているし、有力選手を映そうと、テレビカメラも回っている。これなら、ホテルに戻った方が落ち着けそうだった。

「そうですね。じゃあ、戻ります」

そう言って、和馬はコーチに頭を下げた。そのまま奥へと進む。誰かが自分を呼ぶ声が背後に聞こえたような気がしたが、振り向かなかった。いまは誰とも話したくなかった。

身体が重い。さきほど派手に転んで打った尻も痛い。きっと紫色になっているだろう。

一歩一歩引き摺るようにしながら、和馬は更衣室へと向かって行った。

聞こえなかったのか、それとも、俺の声が聞こえていて無視したのだろうか。

将人は遠ざかる背中を、じっと見つめていた。

和馬は選手と一部の関係者しか入れないエリアへと引っ込んでしまった。ここから先は取材記者でも立ち入ることは許されない。

公式練習の感想を、一応聞いておこうと思ったのだけど、やっぱり何も言いたくないんだろうな。あれだけぼろぼろだったんだから。

まあ、わかっていたことだ。和馬とほかの選手とでは差がありすぎる。本番では、全国にその差を晒《さら》すがいいさ。

将人は意地悪な気持ちになっていた。

それでも、鍋島は和馬を応援するのだ。何位になろうが、きっと見放したりはしないだろう。

いいじゃないか、そういう人間がひとりでもいれば。俺らスポーツ新聞部だって、フィギュアスケート部同様体育会系という扱いになっている。それだけたいへんな活動をしていると、学校は認めているのだ。だけど、俺らはそんな風に応援されることはない。

公式練習が終わってざわつくバックヤードで、目の前を知った顔が通り過ぎた。将人の就職先の先輩、間島だ。同僚らしき人とプレスルームに向かっている。

「間島さん！」

思わず声を掛けた。

「ああ、きみか」

間島は色黒の顔に、目じりいっぱいに皺《しわ》を寄せて笑みを浮かべた。いかついガタイをしているが、人好きのする笑顔だ。

その笑顔に勇気を得て、将人は話し続ける。

「あの、お話ししたいことがあって。ちょっといいですか?」

「え、ああ、少しなら」

「じゃあ、あの……」

将人が気にしていることに気づいて、同僚らしき人は、

「じゃあ、俺、先に戻っています」

と言って去って行った。

「その辺でいいかな」

間島は階段の踊り場の、人のいない辺りに歩いて行った。将人も後に続く。

「それで、何?」

間島は笑っているが、目は鋭い。そんなことにいまさら気づいたが、もう遅い。

「あの、うちの伏見和馬、公式練習で最後に滑った選手ですが……」

「ああ、川瀬光流と同じ曲を滑ってた子だね。彼、アンラッキーだね。ただでさえ川

瀬の後は滑りにくいだろうに、同じ曲だなんてねえ」

間島の方からその話をしてくれたのは、渡りに船だ。将人は間島に顔を近づけ、その耳元に、囁くように告げた。

「彼が、なぜあの曲を使ったのか、なぜ川瀬光流と被ったのか、僕は知っているんです」


和馬はひとりでホテルに戻っていた。ホテルのロビーには妙に女性が多い。神代か光流の追っかけだろうか。最近では、試合の日でもこうしてプライベートゾーンにもファンが押し寄せる。

エキシビションの日ならともかく、フリー当日にこれをやられたら、本人たち、たまらないだろうな。

光流はかなり神経質だ。昔は大きな試合の前に、トイレで吐いたりしていた。ファンの前では笑顔を絶やさないようだが、裏では相当苛立っているのではないか。有名になるということは、なっただけ面倒も引き寄せるってことなんだな。

何人かが、和馬のことも気づいたらしい。こそこそと話しながらこちらを見るが、さすがに話し掛けようとはしなかった。和馬も彼女たちと目を合わせないようにして、エレベーターホールに向かった。

自分の部屋に戻り、靴も脱がずにベッドに倒れ込む。

やはり緊張していたのだろう。疲労感が急に襲ってくる。

ああ、もう何も考えたくない。

試合のことも、光流のことも。

公式練習のわずか四十分だけで、今日一日分の仕事が終わった気がする。

いまはただ休みたいだけだ。

横になったまま靴を脱ぎ捨てると、はあああと大きく息を吐いた。

そして、そのまま眠り込んでしまった。


それから、どれだけ時間が経っただろうか。

スマートフォンの音で我に返った。

ポケットからスマートフォンを出す。着信は柏木コーチからだ。

「そろそろ四時だ。もう起きているか?」

「はい。大丈夫です」

「じゃあ、これから迎えに行く」

「大丈夫です。ひとりで戻れますから。そっちで待っててください」

「そうか。じゃあ、後ほど」

熟睡できたせいだろうか。頭がすっきりしている。活力も湧いてきた。本番では、公式練習よりましな演技ができそうだ。

和馬は立ち上がって伸びをした。

よし、あと半日、頑張ろう。

そして活を入れるために、自分の顔を両手でぴしゃぴしゃと叩いた。


エレベーターはなかなか下りてこない。上階で何度か停まっている。せっかちな和馬はいらいらと待っていた。ようやく五階まで下りてきた。扉が開いたところで、和馬は小さく「あっ」と声を上げた。中には、光流がマネージャーらしき人といっしょに立っていたのだ。同じホテルの上階に、光流も宿泊していたらしい。

「やあ」

光流が笑い掛けてきた。光流も部屋で休息していたのか、すっきりした顔をしている。公式練習の前後の張りつめた雰囲気はない。

ふたりが知り合いと気づいて、遠慮したマネージャーが半歩後ろに下がった。

「おまえもこっちで休憩していたの？」

光流が人なつっこく話し掛けてくる。

こんなふうに話ができるのは、たぶんいましかない。

和馬の頭に、そんな考えが閃《ひらめ》いた。

光流のまわりにはいつも大勢の人間が取り巻いているし、そうでなくても試合の前には誰も近寄れないようなオーラを纏《まと》う。

次にこんな風に話せるとしたら、たぶんオリンピックが終わった後だろう。

話し掛けるなら、いまだ。

「あのさ、前から聞きたかったんだけど、おまえ、なんで『未完成』なの？　ほかにもいい曲はあっただろうに」

光流はそれを聞いてにやっと笑った。子どもの頃、悪戯《いたずら》を企《たくら》んだ時や、練習をさぼって帰ってしまおうという時によく浮かべていた、片方の唇の端だけ上げた、ずる賢そうな笑顔だ。ファンやマスコミには絶対見せない、仲間内だけの顔だ。

「それはおまえと同じさ。あの曲が好きだからだ。子どもの頃からずっと、五輪ではあれを滑ると決めていたんだ」

やはりそうだ。柏木コーチのために、これを選んだのだ。ノービスからジュニアそしてシニアに上がる直前まで、ずっと付き添ってくれたコーチ。

それなのに自分から裏切って、いまでも許してくれないコーチ。

その柏木コーチのために滑る、一方的なラブレターなのだ。

「おまえは……」

それ以上、言葉にはならなかった。光流はさらに続ける。

「俺は俺の『未完成』を完成させる。おまえの『未完成』を楽しみにしている」

もう光流は笑ってなかった。ふいに戦闘モードに入ったようだ。かつてと同じように、目の前の自分をライバルだ、と思っている。

「わかった」

おまえがそうなら、俺も同じだ。

頑固でわがままな自分を見捨てず、ずっと育ててくれた柏木コーチへのせめてもの感謝。それが俺の『未完成交響曲』だ。

俺は俺の『未完成』を滑るだけだ。

和馬も自分がようやく戦闘モードに入った、と感じた。

あとは本番を待つばかりだ。

12

演技が終わると、スタンド席の観客たちが大勢立ち上がり、通路の前へと駆け寄った。そして、一番前のところからリンクに向かって投げ始める。セロファンに包まれた花束を、ぬいぐるみを、紙袋に入ったプレゼントを。

神代琢也は、四方の観客に向かって丁寧にお辞儀する。喝采はなかなか鳴り止まない。花を投げようとする客も、後から後から現れる。

神代は満足そうな笑みを浮かべている。目立ったミスのない、素晴らしい演技だったのだ。

すでに次の滑走者である川瀬光流がリンクサイドに待機していたが、フラワーガールたちが何度往復しても、氷の上の花はなかなかなくならない。

神代がリンクサイドに上がった。入れ替わりに光流がリンクに下りて行く。ざわめきはまだ収まらない。

バックヤードから和馬も出てきた。光流の演技の後が最終滑走者の和馬の番だ。リンクサイドで待機しておかなければならない。

いまが全日本選手権の最高潮だろう。長らく絶対王者と言われていた神代琢也が王座を奪還するか、新鋭川瀬光流が連覇を達成するか。

点数が出たらしい。高得点だったのだろう。ものすごい歓声がイヤホン越しに和馬の耳にも響いてくる。

これでは、イヤホンあってもなくても同じだな。

目の前を、光流が滑って行く。花拾いはまだ続いている。なかなか名前を呼ばれないので、光流は気持ちを落ち着けるようにリンクの端を周回している。

和馬はイヤホンを耳から外した。

「コーチ、いっしょに見ませんか？」

そう話し掛けると、ぼんやりリンクに目を向けていた柏木コーチが、驚いたように和馬の方に向き直った。

「いいのか？」

「昔はこうして光流の演技を観ていたじゃないですか」

自分の番がどうであれ、同じチームメイトの光流の演技を一生懸命観ていた。時には声を出して応援もしていた。

それをしなくなったのはいつ頃のことだろう。

「だけど、次は自分の番だろ？」

「ええ。俺は大丈夫です。それに、こんな特等席で世界チャンピオンの演技が観られるなんて、滅多にないチャンスじゃないですか」

「開き直ったのか？」

「はい。光流がどんな演技をしようと、自分には関係ない。俺は俺ですから」

それを聞いて、柏木コーチは黙ったまま、ぽんぽん、と和馬の背中を叩いた。そして、リンクサイドの少し奥まった場所でふたりは並んで立った。和馬は肩を回したり、足首を回したりしながら、目はリンクの中の光流を追っている。

光流が同じ『未完成』を滑っていると知ってから、和馬は一切光流の演技は観なかった。テレビでもネットでも観るのを避けていた。朝の公式練習の時も、なるべく視線を逸らしていた。

だけど、それも結局、光流を意識しているという現れだ。光流は光流。自分は自分。光流がどんなに素晴らしい演技をしても、あるいは大失敗しても、自分の演技には関係ない。

ようやく名前がコールされ、光流はリンクの中央へと進んでいく。一斉に沸き起こる今日一番の大歓声。観客は皆、光流の登場を待ち焦がれていたのだ。

まぎれもなくスターだ。

イントロが流れ出す。そして、光流の演技が始まる。

「はい、自分としたらベストな演技ができたと思います。グランプリファイナルよりも、この全日本でこれだけの演技ができたことを、心から満足に思っています」

演技後の川瀬のインタビューを、まずテレビカメラが流す。全日本選手権の放映権を持つテレビ局の独占取材だ。それが終わった後、新聞雑誌の囲み取材に移るのだ。

粘る神代を突き放すように、パーフェクトな演技で高得点を叩き出した川瀬光流。暫定一位だが、残す滑走者はショート六位の伏見和馬ただひとり。川瀬の得点を上回るのは不可能に近い。

それでも、テレビはそこには触れない。演技を終わった感想を聞くことだけに留《とど》めている。数分後、和馬の得点が出た段階で、改めて優勝者インタビューがなされるのだ。

「じゃあ、これでいいですか？」

テレビのインタビューが終わったところで、川瀬はリンクの方に戻ろうとする。

「ほかの記者たちがお待ちですが」

係の人に促されて川瀬は雑誌記者たちの前に来たが、

「申し訳ありません。すぐに戻りますので、もうしばらくお待ち願います」

そうして深々とお辞儀をすると、さっと身をひるがえしてリンクサイドの方に走り去って行った。

やれやれ、と記者たちから不満の声が漏れる。明日の一面を飾る言葉、勝利のコメントを川瀬の口から言わせたいのだ。

と言っても、礼儀上、最終滑走者が終わらなければ勝利宣言はできないけどな。たとえ最終滑走者がどんなに頑張ったところで、逆転することはできないとわかっていても。記者たちのいちばん後ろに控えている将人は皮肉に考えていた。

記者たちは小休止とばかりに、メールチェックしたり、電話を掛けたりしている。

部屋の隅に現在の試合の模様が映し出されているが、それを観ようとする人間は少ない。テレビマンたちは、優勝者インタビューの段取りについて打ち合わせを始めた。

いまならまだ間に合う。

将人は裏階段を一段抜かしで駆け上り、急いでマスコミ関係者の席へと戻ろうとした。バックヤードでもテレビが置いてあるので、それで試合を観ることができる。だが、やはり肉眼で和馬の試合を観たかった。会場に入った時にはイントロが流れていた。将人は席に戻ることができず、入口を入ったすぐのところで立ち見する。

会場中央の大きなスクリーンが、和馬の顔を映し出していた。公式練習よりずっと落ち着いた顔をしている。和馬は黒のシャツに黒のパンツ、それに透ける素材のベージュのカーディガンを羽織り、へその上あたりで結んでいる。シンプルでクラシカルな衣装だ。

会場は少しざわめいていた。やはり、川瀬と同じ曲ということに驚いた客もいたのだろう。しかし、和馬が動き出すと、次第に声は小さくなった。

冒頭の四回転サルコウは、幅のある大きなジャンプだった。

「ほお」

会場がどよめく。

同じ『未完成交響曲』の曲を使っているが、使用する部分も、振付も全く違う。川瀬の方はアメリカの高名な振付師が作ったもの。重々しい部分が強調されている。川瀬曰《いわ》く、これまでの自分のスケート人生を表現したものだという。

輝かしい経歴に見える川瀬光流も、だからこそ犠牲にしたもの、あきらめたものも多かったのだろう。友人の数も少ないし、これといった趣味もないらしい。

そういう人間なればこそ、の悲哀が演技に現れる、と思うのはうがち過ぎだろうか。何か切羽詰まったような、いまがすべて、というようなものすごい集中力を感じた。

一方、和馬の演技は明るい。同じ曲を使っても、もっと軽やかだ。

ほら、微笑みさえ浮かべているではないか。

和馬はイーグルの姿勢を取っている。長くその姿勢を保っていられることを誇るかのように、胸を張っている。

滑ることが楽しい。

ここで演技することが嬉しい。

そんな光に満ちている。

四回転は一度しか入っていないし、スピンやステップだって川瀬には遠く及ばないけれども、のびのびして、気持ちのこもった演技だ。

そうだ、以前鍋島の演技を観た時にも、同じことを思ったんだっけ。上手い下手ではない何か、演技にこめた想いのようなものが伝わってくる。見ているこちらの胸の奥まで温かくなるような。

メダルだけがフィギュアスケーターにとっての栄光ではない。

その時、唐突に将人は理解した。

自分にできる精一杯の演技をして、それが観客のこころに届いたら、それは選手にとって何よりの栄光なのだ。

それは点数に結びつくとは限らない。だが、拍手の大きさには現れる。

ほら、和馬の演技に人々は懸命に拍手を送っているではないか。メダル争いには関係なくても、ここまで足を運んだ観客たちは心から和馬の演技を楽しんでいる。そんな想いが伝わってくる。

将人の胸に熱いものが込み上げてきた。

フィギュアって、ほんとにおかしなスポーツだ。

おかしくて、そして奥深い。

就職してからも、またこの全日本に取材に来たい、と心から思う。

俺は、その資格があるだろうか。

ふと、将人は間島の言葉を思い出す。

「君の想像はおそらく当たっているだろう。川瀬が柏木コーチと決裂したことを悲しんでいる。それは関係者にはよく知られた話だからね」

「じゃあ、僕の言うことは」

記事にできるんですね、と言い掛けた将人の言葉を、間島はさえぎった。

「だとしても、川瀬本人が言わない限り、それは載せられない」

「えっ、どうして」

驚く将人を諭すように、間島は優しい言葉で語り掛けた。

「こういう仕事をして、バックヤードに出入りしていると、いろんなものが見えるし、聞こえてくる。俺程度の、フィギュアに対しては新参者だとしても、どんなに熱心なファンでも知りえない情報が耳に入ってくる。ちょっといいか」

間島は将人に断って、ポケットから煙草《たばこ》を出し、それに火を点けた。

「川瀬は満身創痍《まんしんそうい》だ。着地で酷使する右足は何度も腱《けん》を痛めているし、骨折もしている。肩も脱臼が癖になっている。何より酷《ひど》いのは腰だ。腰椎分離症とも分離すべり症とも言われている。まあ、男なのにビールマンやドーナツスピンみたいなことをやっていれば、多かれ少なかれ腰にはくると思うが……」

思いがけない言葉に、将人は語る言葉を失った。世界王者、その輝かしい称号の裏側には、そんな苦闘があるのか。

「いまは痛み止めで抑えているが、五輪が終わったらすぐに手術という噂もある。それほど悪いらしい。川瀬がこの曲を選んだのも、伏見同様これが最後のプログラムだと思っているからかもしれない」

川瀬の演技から伝わる必死さ、いまがすべてというような切実さは、そういうことの裏返しなのか。

「だが、川瀬光流が自分から言わない限り、それは誌面に載せない。それが、俺たち取材記者の、暗黙の了解なんだよ」

「でも……」

怪我の話は伏せるにしても、柏木コーチとの話は決して悪いことではない。それを紹介するのは悪いことなのだろうか。

「俺たちが作るのはスキャンダル雑誌ではない。スポーツ雑誌だ。取材は一回だけじゃない、これからもずっと続く。選手といい関係を築くためには、だまし討ちみたいな記事は載せない。隠したいと思っていることを無理に暴いたりはしない。それは鉄則なんだ」

間島は諭すような優しい口調だった。

いま思い出しても、恥ずかしくて赤面する思いだ。
選手との信頼関係があってこそ、よい記事が作れる。

そんな当たり前のことを、自分はちゃんとわかっていなかった。

自分はまだまだ記者の真似事をしていたに過ぎない。

ただの傍観者だったんだ。

いつか、また来よう。この全日本選手権へ。来るに値する記者になろう。


最後のアクセルは軸が歪んでしまったのを、空中で強引に引き戻した。なんとか、ジャンプすべて下りることができた。

さあ、最後のステップだ、と和馬は自分に活を入れる。

観客が沸いている。手拍子が起こっている。

幸せだ、と和馬は思った。

いまこの場所で、こうして滑っていられることが。

いろんな人の手助けがなければ、ここに来ることはできなかった。

黙ってここに送り出してくれた親。支えてくれた柏木コーチ、長いリハビリをつきあってくれたトレーナー、そして励みになった仲間たち。佳澄。

自分は自分の感謝を滑る。

未完成。

自分のスケート人生はここで終わるかもしれない。でも、人生はまだ続く。まだ終わらない。いつだって、未完成だ。

いまこの瞬間は、ここまでやってきたこと、それをここで精一杯出せればいい。

こうして滑る喜びを、演技にこめることができればいい。

最後のステップは苦しい。酷使した脚は重い。だが、そんな自分の背中を押すように拍手が聞こえてくる。息が切れる。あと少し、そうここで最後のターンをして立ち止まる。そして、手を上げてフィニッシュ。

わあっと歓声が聞こえた。万雷の拍手。

滑りきった。

そう思った瞬間、足から力が抜けた。がっくり膝をつく。息が荒い。だが、励ますような拍手に支えられて、和馬は身体を起こした。

目の前に広い観客席が見える。何千人もの顔がいっぺんに目に入ってくる。

広いなあ。

和馬は思った。なんて広い会場なんだろう。そして、そこにいるみんなが、この瞬間自分を見つめている。

それはなんて幸せなことなんだろう。

リンクサイドに戻ると、目を潤ませた柏木コーチが出迎えてくれた。言葉もなく、和馬を抱きしめる柏木コーチ。和馬はふと目をやった先に、光流がいるのを見た。

そこで俺の演技を観ていたのか。

和馬の視線の先に光流を見つけた柏木コーチが、手招きして光流を呼んだ。おずおずと光流が近寄ってくる。柏木コーチは和馬と光流の両方の肩を抱いた。そして、ふたりにだけ聞こえる声で囁いた。

「ありがとう。ふたりのおかげで、俺の『未完成』がようやく完結した」

それはほんの一瞬のできごとだった。コーチはすぐにふたりを抱えた手をほどき、キス&クライへと進む。和馬もそれに続いた。

拍手してふたりを見送る光流は、強く唇を嚙みしめていた。

正面の机には全日本選手権の一位から三位までの選手が座っている。一位の川瀬は堂々の連覇。二位は王座こそ明け渡したものの、人気・実績の伴う神代、三位はジュニアからあがって二年目の新鋭。昨年の世界選手権にも出場した三人である。大方の予想どおり、波乱のない結果だった。

記者会見場にはぎっしり記者が詰め掛けている。記者たちの質問は終わったばかりの全日本のことではなく、もっぱらオリンピックの話題に集中していた。連盟が事前に発表した基準では、全日本優勝者は無条件で五輪出場が決定。それ以外は世界ランキングやグランプリファイナルでの成績なども参考に選考がなされる。明日の女子のフリーの試合終了後、選考会議が行われるが、選手の実力が拮抗《きっこう》している女子に比べ、男子はこの三人の実力が他より抜きんでている。今回の結果もあり、明日の選考会議を待たずに、この三人に決定するだろう、という暗黙の了解であった。勢い、取材者の質問もオリンピックに絡んだものになる。

オリンピックの選考が懸かった全日本はどうだったか。

オリンピック代表についてどう思うか。

これからの一ヶ月半、どんな練習をしていきたいか。

そんな質問ばかり続いた。すでに五輪代表が決定した川瀬以外は、勢い歯切れの悪いものになり「もし代表に選ばれたら」と、前置きをつけての発言を繰り返す。

それが出尽くした頃、女性記者が手を挙げた。司会者が彼女を指名する。フィギュア専門誌の記者のようだ。

マイクを渡された記者は、立ち上がって自分の名前を名乗る。

「『フィギュアスケート・メモリー』の山口です」

ファンには知られた雑誌名だ。いまのようなブームになる前から出ている専門誌である。

「川瀬選手にお聞きしたいのですが、以前同じクラブにいた伏見選手と同じ曲を選ばれましたね。しかも、最終グループで続けて滑られたわけですが、それについてはどうお考えですか」

川瀬は質問者の方を見て、微笑んだ。おそらく昔馴染みの記者なのだろう。それまで前のめりで選手のコメントを聞いていた記者たちは、少しざわついた。場違いな質問のように聞こえたのだ。

最終滑走で滑った伏見の結果は六位。健闘はしたものの、トップ争いにはまったく絡んではこなかった。伏見の演技終了と同時にテレビはCMに切り替わった。次に映った時には得点が発表されたところで、すぐに優勝した川瀬のインタビューが映し出された。滑走後の伏見のインタビューは流されることはなかった。ほとんどの記者たちは、伏見の演技よりも、優勝会見のための場所取りに気を取られていた。

「偶然同じ曲になりましたけど、彼は彼なりの『未完成』を滑っていましたし、こういう解釈もあるんだ、と参考になりました」

「伏見選手と同じ試合を戦うのは久しぶりかと思いますが、それについてはいかがですか？」

女性記者は重ねて質問をする。

「はい、素直に嬉しかったです。やはり全日本だな、と。どこで練習しても試合をしても、自分は日本人だし、日本で滑っていた時のことは忘れません。伏見選手は怪我でしばらく休んでいたので、なかなかいっしょの試合に出ることはなかったですけど、力のある選手ですから、ようやく出てきたな、と嬉しく思っています。それから」

川瀬は記者の方をまっすぐ見て、彼女だけに語り掛けるように言う。

「久しぶりに、以前お世話になっていた柏木コーチにお会いして、ご挨拶することもできました。そういうこともあるから、全日本はいいな、と思います」

会場が再びざわついた。川瀬の口から柏木コーチの名前が出たのは、シニアに上がってから初めてのことだったからだ。

「ありがとうございました」

女性記者は満足したように、微笑みながら着席した。川瀬は感謝するような目を記者に向けた。

「では、次の質問」

司会者が先を促した。大勢の記者が待ちかねたように挙手をした。

解説

野口美恵
（スポーツライター）

フィギュアスケートの爆発的な人気は止まる所を知りません。ここ十年、『好きなスポーツ選手ランキング』では、野球選手やサッカー選手を追い抜く勢いで、フィギュアスケート選手が上位にランクインするようになりました。

しかし強いスポットライトが当たれば当たるほど、その陰に隠れているのは、練習場やロッカールームで日々接する〝ナマ〟の選手たちの姿です。

選手は普段何を考えているのか。それは、就職活動、友達との人間関係、親との意見の相違、体重管理、怪我、もちろん恋愛も。世界との戦い以前に、自分のまわりの小さな出来事で頭も心もいっぱいです。

『スケートボーイズ』は、まさに大学スケーターの〝ナマ〟の声を感じさせてくれる小説です。全部の登場人物に共感してしまい、「あるある！」「そうそう！」と心の中でつぶやかずにはいられないのです。

私事ではありますが、元毎日新聞記者として「記者側」の立場を経験し、現在はスポーツライターとして「フィギュアスケートの現場のお局様」状態になっています。

趣味で始めたフィギュアスケートは、週一回ペースながら実に二十五年のスケート歴。生涯スポーツとして楽しんでいるのは、言うまでもありません。さらに「一回転ジャンプ」のプログラムで未だに試合に出ているのですから、「バッジテスト一級の大学四年生」の演技は、まさに私の姿です。

そして二十五年もスケート場でウロウロしていれば、選手達がスケートを始めてから引退するまでのスケート人生を、何人も見てきました。怪我が原因で引退する人、受験のために早々に辞める人、大学四年生まで全うする人、最後の試合で力を発揮できた人、できなかった人、それぞれのドラマを見てきました。

そんな訳で「全ての登場人物」に共感してしまったので、それぞれの目線で順番にお話しさせてください！

まずコーチの柏木豊。私のコーチが樋口豊先生ですので、いきなり「ユタカ、きたー！」と声に出さずにはいられませんでした。

主人公は学生スケーターの伏見和馬君と、大学スポーツ新聞の記者の井手将人君ですが、キーマンになるのは柏木コーチでしょう。愛情あるコーチのもとには、必ず愛情を受けて育った選手がいて、人生にとって大切な何かが受け継がれてるものだからです。

コーチというのは、本当に大変な仕事です。多くのコーチの一日は、早朝五時～七時頃に子ども達の朝練をし、朝から昼にかけては大学生や主婦を教え、夕方からは下校後の子ども達を教えます。子ども達一人ひとりの練習は二～四時間程度ですが、コーチは複数の選手を抱えているので、朝五時から夜十時まで氷に乗りっぱなし、ということも少なくありません。

コーチは、選手がどんなレベルであろうと、〝それぞれのゴール〟に向かって道筋を示す役です。

怪我から戻って来た和馬に、柏木コーチは冷静に指導します。

「和馬は、まずはコンパルをやれ」「一年以上も氷から離れていたんだ。そこからやり直すのが当然だろう」

そして初練習の帰り際にひとこと「よく戻ってきたな」と愛おしそうな表情を見せる。このシーンだけで、柏木コーチが、選手に技術だけを教えるようなコーチではなく、愛情をもって人間性を育ててくれるコーチであることが分かります。

実際にコーチは朝から晩まで、産みの親よりも長い時間、選手とともに過ごし、悩みも喜びも共有します。思春期の選手の扱いにてこずり、反抗期の選手とケンカをし、伸び悩む選手を励まし、生意気な選手をなだめ……。若い選手たちは、テレビに映る

〝かっこいいアスリート〟ではなく、素顔は手のかかる子ども達です。コーチと選手は強い絆《きずな》で結ばれ、コーチのひとことで、選手の人生が変わることも少なくありません。

特に、才能ある選手が、大きな壁にぶつかったとき。コーチは、人生の別れ道を照らす案内役になります。和馬の復帰を柏木コーチが待っていてくれたシーン。ここで、私の師である樋口豊コーチの、あるエピソードを思い出しました。

樋口コーチの教えてきた、ある女子選手が大学生の途中でスケートを辞めようとしたことがあります。彼女はジュニアではトップ選手でしたが、身体が成長したことでシニアではジャンプが思うように跳べなくなっていました。

「ジャンプの種類は少なくなっても、あなたにしか出せない世界観があるのだから胸を張って滑れば良い。辞めたいなら辞めてもいいけれど、せっかく美しいスケートを持っているのだから、もったいない。大学四年まで続けたというだけでも、次の人生に自信を持てるんじゃないかな」

結局、その選手は大学四年までスケートを続け、最後の全日本選手権のフリーで最高の演技を披露。樋口コーチは演技中から号泣し、演技を終えた彼女は「先生がすごい泣いちゃってて、私がすぐに泣けなかった（笑）」というくらい、幸せなスケート人生でした。

オリンピックに出たり、世界で戦う選手にならなくても、「大学四年の卒業まで滑り抜く」というスケート人生は、努力と忍耐と、そして幸せに満ちているものなのです。

またスケートの魅力を伝えてくれる案内人となるのが、一回転ジャンプしか跳べないレベルだけれどスケートを愛している大学生、鍋島佳澄です。

――鍋島が滑り始めて、将人はすぐに思った。ひとつひとつの要素《エレメンツ》のレベルは低い。ジャンプは一回転しか跳べないし、（中略）……その表情に目が奪われる。（中略）……ああ、こういう演じ方もあるんだな。――

スケートを習ったことがある人なら、多くの人が共感できる場面でしょう。また、トップ選手しか観戦したことのない方には、是非とも理解してほしい感覚です。どんなトップ選手だって、最初は一回転から始めました。そして一回転だからと言って馬鹿には出来ません。一回転ルッツは〇・六点ですが、回転不足だと〇・五点、またエッジがエラーだと判断されても〇・五点です。ダウングレード（九〇度以上の不足）だと〇回転とみなされて〇点です。得点は低くても、同じルールのなかで試合を行います。

鍋島さんは関カレの一級クラスで好演し、三位。学生新聞のインタビューに応えます。

「大学入って、スケート始めた時から、この大会で入賞するのが夢でしたから、とても嬉しいです」

一回転ジャンプしか跳ばず、スピンも簡単な姿勢しかない。でも本番一発勝負なのは、トップ選手と同じです。

そして何より、六〇m×三〇mのリンクの中央にひとりで立ち、三六〇度の視線を集めながら演技をするのです。孤独だけど自由で、緊張するけれど興奮して、怖いけど爽快で……。試合に向かう気持ちや、演技中の精神面は、オリンピックの金メダリストも、一回転ジャンプの選手も、本当に同じなのです。


ゾーンのシーンもありました。川瀬光流の全日本選手権での演技を、和馬がスポーツバーのテレビで観戦する場面です。

――光流の顔がアップになった。試合中とは思えない、穏やかな顔をしている（中略）……いつもの光流じゃない。今日の試合は、特別な滑りだ。――

ゾーンに入るためには、完全に〝反応〟だけで演技ができるくらいたくさん練習してきていることが、まずは大前提。極度の集中状態のときに、その瞬間はやって来ます。

実際には、バンクーバー五輪銅メダリストの髙橋大輔さんでさえ、ゾーンに入ったのは人生で三回だけだったと言いますし、本当に特別な体験なのでしょう。ゾーンに入っている時は、まるでスローモーションのなかに自分がいるようで、身体が全く疲れず、自分の身体から意識が離れて自動的に動く状態。応援席にいる仲間の表情までよく見えて、『皆が応援してくれてる、幸せだな』と感じたそうです。

そして主人公の和馬は、まさに最後の全日本選手権でその状態にあったと思います。ジャンプのフォームや、スピンの回転数など気にしなくても、何度も練習してきていれば身体が勝手に反応します。自分は、音楽に身を委ねるだけ。そして心地よい滑りを感じとり、幸せを実感する。なんて素敵なことでしょう。和馬のフリーの演技のシーンでは、私まで一緒にゾーンに入った状態になり小説を読んでいる現実から離れて、全日本選手権の会場にいるような感覚に囚われました。


記者、井手将人の葛藤と成長も、やはりリアルです。スポーツ記者であれば「選手から認められるような、良い記事を書きたい」と願うものです。その一方で、「他の人が知らない情報を盛り込んだスクープ記事を書きたい」とも考えます。

私は新聞記者時代に、警察、政治、文化、そしてスポーツの担当記者をしました。警察、政治のように「大人どうし」の駆け引きのなかで、スクープを狙って一挙手一投足をとりあげる分野もあります。しかしスポーツの場合は、事件や情報ではなく、人間ドラマを描きます。相手はナマモノの人間、しかも大抵は若いアスリート。選手やコーチは戦略的に「書いて欲しくないこと」があります。

光流の『未完成交響曲』のように、本人があえて語らない情報を、記者が知ってしまうことはよくあります。もし知っていても書かないとしたら、それは嘘をついているのではありません。選手の成長や、夢への道の妨げをする権利はありませんから。

あくまでも記者は第三者です。現場に出入りして、選手とも知り合いになりますが、選手やコーチが織りなす人間ドラマに割り入る権利はありません。選手が望まない記事を書いて混乱させるのは、「記者が真実を暴いた」のではなく、「記者が権力を振り回した」に過ぎません。

そんなわけで、やはり現場では、怪我の情報も、恋人などプライベートの情報もたくさん耳に入ってきますが、それを無理に記事にはしません。

そしてタイミングを待ちます。

選手との付き合いが長く、信頼をおける関係になっている記者なら分かる、『書くことで選手の背中を後押しできる』タイミングがあるのです。

この小説では、「フィギュアスケート・メモリー」の山口記者がその役割です。光流と柏木コーチとの長年のわだかまりが解けたことは、スポーツの一面を飾るような記事にはならないでしょう。でも選手の優勝コメントのほんの一部に、その言葉は掲載されるかも知れません。気づく人だけが気づけばいいのです。記事として世に記録されることで、光流は「コーチに懺悔《ざんげ》した自分」を、柏木コーチは「生徒を許した自分」を具現化できます。そして長い囚われから解放されるのです。一流選手、育てたコーチ、大学四年で終わる選手、長年追ってきた記者、そのすべての歯車が合うことで、『未完成交響曲』が完成します。

一方で、和馬と家族の姿も描かれています。

スケートは、本当に多くのお金と時間と協力が必要で、その割には見返りが少ないスポーツです。むしろ「見返り」を求めた選手や親御さんは、小中学生のうちに、見切りよく辞めていきます。それはそれで幸せだと思います。スケートを辞めれば、他の習い事ができて、友達も出来て、青春を楽しんで、大学受験も出来ます。一流企業に就職するためなら、そのほうが確率は高いでしょう。

でも、大学四年までスケートを続ける子達がいます。「見返り」は求めません。スケートが好きという情熱、そのものに価値を見出しているのです。やはり和馬の母も、和馬のその情熱を認め、できる限りの支援をしながら見守っているのが分かります。

私が練習している明治神宮外苑アイススケート場でも、三百人を超えるクラブ員がいて、さらに毎日百人以上の一般滑走者が来ますが、このなかで国際大会に行ける選手は十人もいません。ほかの何百人ものスケーターは皆、「自分なりの夢」に向かって練習しています。

それは美しい姿です。自分の能力を見極め、その限界を押し上げようと努力しています。自分の人生に責任をもち、他人と比べるのではなく、自分の生き方を見つけている人たちです。


やっぱりスケートは楽しい、そして幸せを感じられる場所。この小説を読んで、改めてそう感じました。そして私はこれからも、スケーターとして、そして記者として、リンクに通い続けるでしょう。和馬のように、光流のように、佳澄のように、そして柏木コーチのように。なぜならスケートは、人生を豊かにしてくれる場所だからです。

碧野さん、素敵なスケートの世界を描いてくださって、本当にありがとうございました。そしてこの小説を読んで「一回転ジャンプでいいから跳んでみたい！」と思った方は、ぜひ一緒にスケートしましょう！

この小説の執筆に際しては、明治大学スケート部の鎌田英嗣さん及び
明大スポーツ新聞部の木村亮さんにたいへんお世話になりました。
この場を借りて御礼申し上げます。

実業之日本社文庫　好評既刊

碧野圭
情事の終わり
42歳のワーキングマザー編集者と7歳年下の営業マン。ふたりの〝情事〟を『書店ガール』の著者が鮮烈に描く。職場恋愛小説に傑作誕生！（解説・宮下奈都）
あ５３

碧野圭
全部抱きしめて
ダブル不倫の果てに離婚した女の前に7歳年下の元恋人が現れて……。大ヒット『書店ガール』の著者が放つ新境地。〝究極の〟不倫小説！（解説・小手鞠るい）
あ５４

碧野圭
辞めない理由
あきらめない、編集の仕事が好きだから……大ヒット『書店ガール』著者がすべての働く女性へ贈る、痛快お仕事エンターテインメント！（解説・大森望）
あ５５

朝比奈あすか
闘う女
望まぬ配属、予期せぬ妊娠、離婚……変転の人生を送ったロスジェネ世代キャリア女性の20年を描く。要注目の新鋭が放つ傑作長編！（解説・柳瀬博一）
あ７１

あさのあつこ
花や咲く咲く
「うちらは、非国民やろか」——太平洋戦争下に咲き続けた少女たちの青春と運命をみずみずしい筆致で描いた、まったく新しい戦争文学。（解説・青木千恵）
あ１２１

池井戸潤
空飛ぶタイヤ
正義は我にありだ——名門巨大企業に立ち向かう弱小会社社長の熱き闘い。『下町ロケット』の原点といえる感動巨編！（解説・村上貴史）
い１１１

実業之日本社文庫　好評既刊

乾 ルカ
あの日にかえりたい
地震の翌日、海辺の町に立っていた僕がいちばんしたかったことは……時空を超えた小さな奇跡と一滴の希望を描く、感動の直木賞候補作。（解説・瀧井朝世）
い61

伊坂幸太郎／瀬尾まいこ／豊島ミホ／中島京子／平山瑞穂／福田栄一／宮下奈都
Re-born はじまりの一歩
行き止まりに見えたその場所は、自分次第で新たな出発点になる――時代を鮮やかに切りとりつづける人気作家7人が描く、出会いと〝再生〟の物語。
い11

宇江佐真理
おはぐろとんぼ　江戸人情堀物語
堀の水は、微かに潮の匂いがした――薬研堀、八丁堀、夢堀……江戸下町を舞台に、涙とため息の日々に訪れる小さな幸せを描く珠玉作。（解説・遠藤展子）
う21

宇江佐真理
酒田さ行ぐさげ　日本橋人情横丁
この町で出会い、あの橋で別れる――お江戸日本橋に集う商人や武士たちの人間模様が心に深い余韻を残す、名手の傑作人情小説集。（解説・島内景二）
う22

恩田 陸
いのちのパレード
不思議な話、奇妙な話、怖い話が好きな貴方に――クレイジーで壮大なイマジネーションが跋扈する恩田マジック15編。（解説・杉江松恋）
お11

北大路公子
流されるにもホドがある　キミコ流行漂流記
各界にファンを持つ名手がブームという大河に飛び込んだ!?　ゲームアプリ、東京名所、新幹線！　多彩な筆致を堪能できるエッセイ集。（解説・朝倉かすみ）
き41

実業之日本社文庫　好評既刊

窪 美澄／瀧羽麻子／吉野万理子／加藤千恵／彩瀬まる／柚木麻子
あのころの、
あのころ特有の夢、とまどい、そして別れ……。要注目の女性作家6名が女子高校生の心模様を鮮烈に紡ぎ出す、文庫オリジナルアンソロジー。
く21

坂井希久子
恋するあずさ号
特急列車に運ばれて、信州・高遠へ。仕事も恋も中途半端な女性が、新しい自分に気づいていく姿を瑞々しく描く青春・恋愛小説。（解説・藤田香織）
さ22

桜木紫乃
星々たち
昭和から平成へ移りゆく時代、北の大地をさすらう女の数奇な性と生を研ぎ澄まされた筆致で炙り出す。桜木ワールドの魅力を凝縮した傑作！（解説・松田哲夫）
さ51

瀧羽麻子
はれのち、ブーケ
仕事、恋愛、結婚、出産――30歳。ゼミ仲間の結婚式に集った6人の男女それぞれが抱える思いとは。注目の作家が描く青春小説の傑作！（解説・吉田伸子）
た41

瀧羽麻子
ぱりぱり
色とりどりの言葉が、世界に小さな奇跡をおこす――家族、教師、同級生。詩人・すみれとかかわった人々が見つける6つの幸せの物語。（解説・大矢博子）
た42

平 安寿子
こんなわたしで、ごめんなさい
婚活に悩むOL、対人恐怖症の美女、男性不信の巨乳……人生にあがく女たちの悲喜交々をシニカルに描いた名手の傑作コメディ7編。（解説・中江有里）
た81

実業之日本社文庫 あ56

スケートボーイズ

2017年11月15日　初版第1刷発行

著　者　碧野《あおの》 圭《けい》

発行者　岩野裕一
発行所　株式会社実業之日本社
〒153-0044　東京都目黒区大橋1-5-1
クロスエアタワー8階
電話 [編集]03(6809)0473 [販売]03(6809)0495
ホームページ　http://www.j-n.co.jp/
DTP　ラッシュ
印刷所　大日本印刷株式会社
製本所　大日本印刷株式会社

フォーマットデザイン　鈴木正道(Suzuki Design)

ISBN978-4-408-55391-7（第二文芸）